读客外国小说文库

激发个人成长

爱，以及其他

我们终会知道，除了爱情，我们还需要什么。

【英】朱利安·巴恩斯 著
郭国良 译

LOVE, ETC
Julian Barnes

文汇出版社

目录

第一章　我记得你　001
第二章　来龙去脉　011
第三章　那时我们在哪里？　018
第四章　此时此刻　022
第五章　现在　034
第六章　贾思特·斯图尔特　047
第七章　晚餐　063
第八章　铁石心肠　077
第九章　美味咖喱，随点随到　093
第十章　避孕套　111

第十一章	不是园丁鸟	117
第十二章	欲望	138
第十三章	沙发腿	150
第十四章	爱，以及其他	162
第十五章	你知道是怎么回事吗？	178
第十六章	你宁愿……？	189
第十七章	一根被德拉克马簇拥的生殖器	203
第十八章	慰藉	219
第十九章	质询时间	236
第二十章	你意下如何？	249

第一章
我记得你

斯图尔特：

你好！

我们曾见过面。我是斯图尔特，斯图尔特·休斯。

是的，我很肯定，绝对见过面，大概是在十年前吧。

没关系——是有这种事，你不必假装嘛。不过，关键是，我记得你。**我**[1]，记得，**你**。我不大会忘记的，是不？十年多一点儿，现在我终于想起来了。

呃，我变了，确实变了。头发都白到发根了，甚至都不能称为花白了吧，是不？

哦，顺便说一下，**你**也变了。也许你自认为和以前基本一样，相信我，你已跟从前不一样了。

---

1 正文中加粗部分均为作者所加，表示强调。

奥利弗：

从隔壁隔间传来的鸟鸣般动听的声音是什么？抽鼻子和跺脚的声音吗？难道是我亲爱的老朋友——也就是曾经的朋友——斯图尔特？

"我记得你。"名副其实的斯图尔特式发言。他如此过时，如此守旧，竟然喜欢那些老掉牙的歌——他还没出生，那些歌就有了。我的意思是，你一边发泄着原始性欲，一边痴迷于廉价音乐——兰迪·纽曼的也好，路易吉·诺诺的也罢——那是同一回事。可是，迷恋于上一辈晒日光浴时的跟唱歌曲，那是多么独具斯图尔特的特色，多么令人感动，难道你不觉得吗？

别摆出一副困惑的表情。歌手弗兰克·艾菲尔德唱过的吧，"我记得你"。确切地说，"我记得你哟，是你让我美梦成真哦"。对吧？1962年，那位穿着羊皮短大衣的澳大利亚约德尔歌手？没错，没错，他代表了一个典型的社会学悖论！当然，我完全没有对我们住在邦迪海滩，皮肤晒成古铜色的表兄弟姐妹们不敬。如今，世界对每个亚文化群都献媚奉承，尊崇有加，那就千万别说我对一个澳大利亚约德尔歌手本身有任何微辞了。你自己也可能是其中之一。要是我督促你，你难道就不用真假嗓音唱约德尔了吗？如果你唱，我就投给你一个真诚的眼神，一视同仁地跟你握手。我会欢迎你与瑞士板球队员一起成为人类的兄弟。

而且，假如——不妨恣意畅想——你其实就是个瑞士板球手，一位来自伯尔尼高地的场外旋转球投手，那我就这么说吧：1962年正是披头士第一次摇滚乐革命那一年，他们每分钟转45个音；也是斯图尔特唱弗兰克·艾菲尔德那首歌的那一年。我刚才说得对吧？

顺便一提，我是奥利弗。是的，我知道你知道了。我看得出来你还记得我。

吉莉安：

我是吉莉安。你可能记得我，也可能不记得了。这有什么关系呢？

你必须明白的是，斯图尔特想要你喜欢他，需要你喜欢他；而奥利弗则很难想象你不喜欢他。怎么，你向我投来疑惑的眼神。事实上，在过去几年中，我目睹了人们在讨厌奥利弗的同时又为他的魅力所倾倒。当然也有例外。不过，我还是得提醒你。

至于我？哦，我想让你喜欢我，而不是讨厌我，但这是理所当然的，不是吗？当然，这要取决于你是谁。

斯图尔特：

事实上我完全不是在指歌曲。

吉莉安：

你看，实际上我可没时间。苏菲要去听今天的演唱会了。但我一直觉得斯图尔特和奥利弗是某种东西——或许是成长吧——相反的两极。斯图尔特认为，所谓成长就是适得其所，就是取悦他人，就是成为社会一分子。而奥利弗就没有那样的想法，他历来比较自信。那个用来表示植物随太阳转动的特性的词叫什么来着？什么"阳"来着？斯图尔特就像那样。反之，奥利弗——

奥利弗：

——是太阳王[1]，对吧？

这是某段时间内我听到的配偶对我最好的赞誉了。我在这以生命命名的小小星球有众多的名称，而所罗门王[2]倒是个新称呼。

太阳神福玻斯。福——菲——伏——凡布斯——

吉莉安：

向阳——向阳性，就是这个词。

奥利弗：

你注意到吉莉安的这一变化了吗？她开始用一种方法把人分门别类。这可能是她的法国血统使然吧。她有一半的法国血统——你记得吗？她母亲有一半的法国血统，按照这层逻辑，她应该有四分之一的法国血统，你不这么认为吗？但是，正如所有伟大的伦理学家和哲学家所言，逻辑和生活又有什么关系呢？

呃，如果斯图尔特有一半的法国血统，1962年他就会吹着口

---

[1] 字体为楷体时，意即原文为法语。
[2] 一些研究者认为，所罗门王（King Solomon）的名字由"sol（太阳）"和埃及太阳神"Omen（阿蒙）"组合而成。

哨，哼着强尼·哈立戴法语版的《让我们再次舞动》了。这倒是种想法，不是吗？一种刻薄的想法。还有另一个想法：哈里戴有一半的比利时血统，来自他父亲那边。

斯图尔特：
我得说，1962年我才4岁。

吉莉安：
说实在的，我认为自己并没有把人分门别类。只是呢，如果这世界上有两个我懂的人，他们就非斯图尔特和奥利弗莫属。毕竟，我跟他们两个都结过婚。

斯图尔特：
逻辑。有人用了这个词吗？我来告诉你什么叫逻辑。你走了，而人们却以为你还是老样子。这是近几年我碰到过的最糟糕的逻辑了。

奥利弗：
顺便一提，别因为我是比利时人就贬低我。当某位正在就餐的可爱的爱国者得意扬扬地起身说"给我说出六位比利时名人"时，我会高举起我的手。我可不会被"除了西默农[1]之外"这样

---
[1] 乔治·西默农（1903—1989），比利时著名小说家。

的话吓住。

这大概与她有法国血统没半点关系,而可能与她已届中年有关。纵使并非每个人都如此,这一过程至少发生在部分人身上。载着吉莉安的火车差不多准时驶入站了,蒸汽在激活它钟爱的汽笛,而锅炉则有点发热和烦躁。但是,若你问斯图尔特是何时进入中年的,那么唯一的争议是他的睾丸是在这之前还是之后落入阴囊。你看见过那张他坐在婴儿车里,穿着三件套衣裳,垫着细条纹尿布的照片吗?

反观奥利弗。奥利弗早就决定——不,是本能地知道——中年是一种有失尊严、坎坷、落魄、往往失意潦倒的状态。奥利弗打算把中年这一时段压缩为短短一个因为偏头痛而卧床的下午。他笃信青春,也笃信智慧,打算借助一大把扑热息痛和一副从某个外国航班上拿来的眼罩把自己从一个睿智的青年直接过渡成青春勃发的智者。

斯图尔特:

有人曾指出,如果某人用第三人称来指代自己,那么你就可以知道他是一个完完全全的极端利己主义者。如今,连皇族都不再用第三人称复数自称了。但是,某些运动员和摇滚明星却依然那样指称自己,仿佛那正常得很。你注意到了吗?叫作鲍比的某某人被指控作弊,为了赢得一个点球还是什么的,他回应道:"不,这不是鲍比某某会干的事。"就好像那儿还有另一个人,具有相同的名字，在接受批评或承担责任。

奥利弗可不是这种情况。你无法称他为名人，对吧？但他却以"奥利弗"指代自己，仿佛他是奥林匹克金牌得主。或者，我觉得，是精神分裂症患者。

奥利弗：

你怎么看待南北债务重组、欧元的前景或是亚洲四小龙脸上的笑容？金属商已祛除崩溃恐慌的幽灵了吗？我确信斯图尔特胸有成竹，对所有这些事都有高见。与其说他会很严肃，不如说会很膨胀。我跟你赌六个比利时名人，他不知道"严肃"和"膨胀"这两个单词的区别。他长了副傻乎乎的老鱼脸，认为"膨胀"这个单词后面应该跟"大马哈鱼"。他标榜正直笃实之类的东西，可是，我们是否可以说，那少了一份反讽意味呢？

吉莉安：

哎，你们俩快住嘴吧。别说了。这样可不行。

你们觉得自己在给人家传达一种怎样的印象？

奥利弗：

刚才我告诉你什么了？火车正驶进站，嚓、哐嚓……

吉莉安：

如果我们要再继续下去，就得约法三章。不要再说关于我们自己的事了。总而言之，谁带苏菲去上音乐课？

奥利弗：

假如你们想知道，那么，吉莉安是"猜来猜去的人"的名誉代表。

斯图尔特：

你对猪肉感兴趣吗？我是指实打实的猪肉，地地道道的味道。你对转基因持有什么看法？

奥利弗：

六个除了西默农以外的名人？小菜一碟。玛格丽特、塞萨尔·弗兰克、梅特林克、雅克·布雷尔、德尔沃和赫奇，我再加上50%的强尼·哈立戴，权当小费。

吉莉安：

别说了！你们俩半斤八两，没人知道你们在说什么。嗯，我觉得我们该解释一下。

斯图尔特：

半斤八两。就目前这情形，我看并不是这样。

好，我来解释一下吧。弗兰克·艾菲尔德实际上不是澳大利亚人。他或许在那儿生活过，但他出生在英国。如果你非要知道，他出生在考文垂。还有，既然我们聊起了这个话题，《我记得你》其实是约翰尼·莫瑟在二十年前写的歌。文化势利者们为何总是嘲笑那些他们一无所知的东西呢？

奥利弗：

解释？难道我们就不能等到末日降临，等到某个长着九头蛇生殖器的恶魔用浸棒捅我们，长着蝙蝠头的蜥蜴把我们的内脏放到绞盘上的时候再来解释吗？解释？你真的认为我们有必要？这可不是日间电视节目，更不是罗马元老院。哦，那好吧。我先走了。

斯图尔特：

我不明白为什么他要这样。这绝对是典型的奥利弗做派。除此之外，每个干营销的人都知道，脑海中挥之不去的永远是第一个故事。

奥利弗：

我的第一个故事是宽松短裤，宽松短裤、宽松短裤、宽松短裤。

吉莉安：

奥利弗，你已经42岁了。你不能说"宽松短裤"。

奥利弗：

那就不要这样向我微笑。宽松短裤，宽松短裤，宽松短裤，宽松短裤。好啦，笑一个。你知道自己想要这么干。拜托了。求你了。

斯图尔特：

如果可以选，我宁可处在中年。正式也好，非正式也罢。

奥利弗：

啊，营销！永远是我的软肋。好得很，如果斯图尔特有意，他完全可以做我们的领头羊，手持真理的接力棒，笃笃地跑过第一个弯道。别丢下它，斯图宝宝！不要跑出跑道。你总不会想让我们这帮人被淘汰吧。不要这么早嘛。

我不介意他是否抢跑。我只有一个请求，并非以自大、利己或自我推销为由，而是出于礼仪、艺术以及对平庸普遍的恐惧。请不要将这下一章命名为"来龙去脉"。请不要这样，拜托了。可以吗？

第二章
来龙去脉

斯图尔特：

我不确定自己是否擅长这个。我可能会搞错事情的顺序，你们可得原谅我。不过，我觉得你们最好先来听听我的故事。

我和奥利弗在同一所学校上学，是最要好的朋友。后来我去了一家清算银行上班，而他则当了一名教外国人英语的老师。那时候我遇到了吉莉安，当时，她是一名画作修复师。嗯，现在还是。我们相识，相爱，走进婚姻殿堂。我错误地认为这是故事的结局，但其实这只是开端。窃以为许多人都犯过这样的错。我们看了太多的电影，读了太多的书籍，太过于相信自己的父母。这一切都发生在大约十年前，那时候我们才三十出头。现在，我们……唉，不说了，我看你自个儿也能搞明白。

奥利弗活活地将她从我身边偷走了，他简直要了我的命。奥利弗耍花招让吉莉安爱上了他。怎么得手的？我可不想知道。我觉得自己从未想要知道。当我怀疑有什么蹊跷的时候，就心神不宁，一度觉得他们是不是在瞎鬼混。我曾要你告诉我，记得吗？我恳求你告诉我他们在鬼混，是不是？我记得我问过你，但你从未回答，而现在，我要感激你。

当时我确实有点发疯了。嗯，那合乎情理，完全可以理解，对吧？我用头猛撞奥利弗，几乎撞断了他的鼻子。他们结婚那天，我擅闯婚礼，大闹现场。后来我让公司把我调到华盛顿，去了美国。有趣的是，一直与我保持联系的却是怀亚特夫人。她是吉莉安的妈妈，也是唯一站在我这边的人。我们曾一度有书信往来。

一段时间后，我到法国去看他们。确切地说，我看到了他们，但他们没看见我。他们在村子中央大打出手，奥利弗扇了她一个耳光。大家都假装没在朝窗外看，包括我本人。我就在街对面的一家小旅馆里。

而后，我回到美国。我不知道自己当初去看他们时期望看到什么，也不知道实际上看到了什么，但那无济于事。这让事情越发糟糕了吗？显然，情况没有任何好转。我认为是那孩子害苦了我，没有孩子，我可能就有些收获了。

我不记得当时有没有告诉过你，我婚姻破裂后就开始嫖妓了。我并不觉得特别羞愧。其他人那样子对待我，他们才该感到羞愧呢。妓女们称自己的工作为"生意"。"做桩生意好吗？"她们常常这么问。我不知道现在她们是否还那样说，我早已摆脱了那个世界。

不过，我想说的是下面这点。过去，我常常为工作而做生意，然后为寻欢作乐而做生意。我对这两个世界都了如指掌。对这两个世界一无所知的人以为那完全是个狗咬狗的世界，觉得那个身穿灰色西装的人一心想欺骗你，而你掏出信用卡付钱时才发现那个满身香气的妓女原来是个巴西变性人。好吧，让我来告诉你：通常，你想要什么就能得到什么；通常，他们说一不二；通常，一手交钱一手交货；通常，你可以信赖他人。我的意思并不是让你把钱包摊开在桌上，也不是让你拿出空白支票，然后不合时宜地转过身去。你多半知道自己身在何处。

不，真正的背叛发生在朋友身上，发生在你爱的人身上。友谊和爱情旨在让人们表现更佳，不是吗？然而，我所经历的却并非如此。信任导致背叛，甚至可以说信任怂恿背叛。这就是我的所见、我的心得。这就是我过去的来龙去脉。

奥利弗：

我承认那时我在打瞌睡。而你呢？哦，嗜睡又臀脂过多的斯图尔特，他的理解是多么模糊不清，他的世界观是由积木拼搭而成。你看，我们能不能把目光放得长远一些呢？你觉得法国大革命对世界历史有何影响？对此，周恩来，我心目中的英雄，做出了回答。这位智者回应道："目前下结论为时过早。"

抑或，如果不取奥林匹亚学派或者儒家之见，那至少让我们确立某一视角,采用某一明暗法,大胆搭配颜料,好吗?伴着各自的人生之路,我们每个人不都在书写自己的人生小说吗?可是,唉,能够出版的寥寥无几啊,看看那堆高耸的废稿吧!别致电我们,我们会主动给你打的——不,继而一想,我们也不会打给你。

好吧,不要匆匆忙忙就给奥利弗下判定——我之前就告诫过你们。奥利弗可不是势利小人。至少不是一目了然的势利鬼。出问题的并非是这些小说的主旨,也不是主角的社会定位。"一只虱子的故事也许跟亚历山大大帝的生平一样精彩——一切都取决于如何撰写。"这是一条亘古不易的准则,你不这么认为吗?我们需要的是感知形式、掌控、识别、选择、删减、调整、强调等诸因素……凡此种种都可用一个肮脏的词语加以概括:艺术。我们的人生故事绝非是一部自传,而永远是一部小说——这是人们犯下的第一个错误。我们的记忆不过是又一骗局而已——行了,承认得了。第二个错误则是假定乏味地重温先前十分显耀的细节——尽管这一重温在酒吧里也许会令人心旷神怡——它构成了一大叙述,有可能诱惑一时兴起的无情读者。谁会理直气壮地张口问一个永恒的问题:你为什么要告诉我这个?如果是为了治疗作者,那就别指望读者来支付看精神科医生的账单。客气而坦率地说,斯图尔特的人生小说是不宜出版的。我看了第一章,一般来说,这就已经足够了。有时候,只是为了保险起见,我也会看看最后一页以作确认,但在目前情况下,我简直无法面对它。不要觉得我很苛刻,不过,如果你真这么觉得,那就承认我虽苛刻但很真诚。

重点来了。每个爱情故事都始于一桩犯罪,同意吗?有多少伟大的激情是被纯洁而无羁的心灵点燃的呢?那只存在于中世纪传奇和孩子们的想象中。但在成人世界呢?正如斯图尔特这本袖珍百科全书提醒你们的那样,当时的我们才三十出头。每个人的生命中都曾拥有某人、某人的一部分、对某人的期待或是关于某人的记忆,但是,一旦他遇到某先生、某小姐、某女士或者现在的真命天女,他就会抛弃或者背叛之前的某人某事。我说得不对吗?当然,我们想抹去背信弃义,洗涤背叛行径,然后回溯往昔,奉上如白板般单纯的心,将伟大的爱情故事书写在这块白板上。然而,这一切全是胡说八道,不是吗?

假如我们都因此成了罪犯,又有谁有资格去谴责他人?是我的情况比你的更加恶劣吗?我遇见吉莉安的时候,正在和一位来自罗普之乡、名叫罗莎的姑娘纠缠不清。虽然纠缠得很不称心,我还会那样说,不是吗?斯图尔特在遇见吉莉安时,毫无疑问正陷入芭蕾舞剧的幻想和看色情杂志的悔恨之中。而我和吉莉安相遇的时候,她明确又合法地和上述斯图尔特纠缠在一起。你会说这只是个程度问题,而我的回答是:不,这是绝对的。

而且,如果你要执意以法论之,坚持非指控不可,那么,除了认罪、认罪、认罪之外,我还能说什么呢?可是,我并没有犯下用神经毒气毒杀库尔德人这样的大罪,对吧?此外,如果我无罪，正如你们某些律师模棱两可地指出的，我坚决认为，在吉莉安心中，奥利弗取代了斯图尔特并不是——你们这些圆滑、怪异、爱说大话的两足动物往往是不会这样说的——一件坏事。她，就像俗话所说，是在"辞旧迎新"。

无论如何，那都是几年前的事了，是我们四分之一的人生前的事了。"既成事实"这一术语难道没有蹦上心头吗？（我不该得寸进尺，奢望拥有**初夜权**。）没人听说过诉讼时效吗？就我所知，一切侵权和犯罪行为都有七年的诉讼时效。难道"窃人妻"就没有诉讼期限了吗？

吉莉安：

不论是直接询问，还是旁敲侧击，大家想知道的都是我是怎么爱上斯图尔特并且嫁给了他，然后又爱上奥利弗，又嫁给了他，这一切都是在法律许可的最短时间内发生的。好吧，我的回答是：我就是那么做的。我不太推荐你尝试，但我保证这是完全可能的。情感上也好，法律上也罢。

当初，我是真心爱斯图尔特的。我对他一见钟情，我们相处得很好，性事也顺利，他爱我，我就满心欢喜——就是那样。后来，我们结婚后，我爱上了奥利弗，但根本不是一见钟情，我心情非常复杂，完全违背我的本能和理智。我拒绝，我抵抗，我有强烈的愧疚感，但同时我又觉得非常兴奋，活力四射，性感十足。不，事实上我们并没有像俗话说的那样"通奸"。仅仅因为我有法国血统，人们就开始嘀咕我们之间的三角关系。事情并不像那样，一开始时它给人的感觉要简单得多。此外，我和奥利弗直到我与斯图尔特分手后才开始上床。人们为什么对自己不知情的事情表现得如此精通呢？每个人都"知道"我改嫁的原因是性，都"知道"斯图尔特床上功夫不大好，而奥利弗则好得不得了，同时，他们认为我也许看上去很稳健，实则是个喜欢卖弄风骚的人，是个放荡女，十有八九也是个淫妇。所以，你们真想知道的话，我跟奥利弗第一次上床的时候，由于是初夜，他紧张得不得了，大受刺激，绝对是什么都没发生。第二天晚上也没有好到哪里去。后来我们才慢慢好起来。有趣的是，他在那方面比斯图尔特要局促得多。

关键在于，你可以爱两个人，一先一后，一终一始，就像我那样。你可以以不同的方式爱他们。但这并不意味着一份是真情，另一份是假意。这就是我希望可以说服斯图尔特的地方。我真心爱他们俩。你不信？好吧，没关系，我不想再争辩。我只想说：在你身上没有发生过这样的事，是吧？它发生在我身上了。

如今，回首往事，我惊讶地发现它倒没有更频繁地发生。很久以后，我母亲对一段他人的感情说了一句话，我已不太记得那段感情具体怎样了，可能是普通的恋爱或是三角恋吧。她说："心变得柔软是很危险的。"我明白她的意思。一旦恋爱了，你就容易坠入爱河。难道这不是一个可怕的悖论吗？难道这不是一个可怖的事实吗？

第三章
那时我们在哪里？

奥利弗：

那时我们在哪里（Where were we）？眼下，这是一个不相干的问句。这三个单词中的每个单词都包含后面的单词，字母的每次脱落，都呼应我们像俄尔普斯那样回望时心头永远涌起的失落感，这是多么奇异啊。其意已锐减，一望便察。不妨比较、对照——正如教师们过去常常说的那样——英国浪漫主义大诗人们的生平。首先，按照他们的名字长度排列：华兹华斯（Wordsworth）、柯勒律治（Coleridge）、雪莱（Shelley）、济慈（Keats）。然后再看他们各自的生卒年份：1770—1850年，1772—1834年，1792—1822年，1795—1821年。数字学家和奥秘探索者会多么欣喜！名字最长者寿命最长，名字最短者寿命最短，名字居中者寿命不长不短。更妙的是，最早出生者死得最晚，最晚出生者反而死得最早！他们像俄罗斯套娃一样一个套着另一个。这足以让你相信这是神的旨意,对吧?或者说,至少是神圣的巧合。

那时我们在哪里?好吧,就这一次,我要玩一个单调乏味的、关于特殊性的游戏。我会假装记忆就像报纸一样铺展开来。非常好,翻到国外新闻,彩色故事版块,在页面的最下方——《密内瓦村小事故,遇难者不多》。

在你那随机选定的时刻,我刚好从你的视线中消失(也许你以为我永远消失了;也许你对着我脆弱的肩胛大喊了一声"终于解脱了"),开着我那辆可信赖的标致车消失在合作酒窖旁的角落。标致403,你肯定想起来了吧?小小的散热器护栅就像狱卒的窥视孔一样。绿灰色的制服散发出某个时代的气息,毫无疑问,这一时代该复兴了。如今,一个个十年几乎还未完结,人们就复兴和膜拜它们了,难道你不觉得那令人厌烦吗?应该有个反向时效。不,你**也许**不能复兴60年代,现在才只是80年代。诸如此类。

就这样,我驾车驶出你的视线,途经一口口闪闪发亮的钢质青贮窖,窖里装满了血红的密内瓦碎葡萄,与此同时,吉莉安在我的后视镜中迅速淡出。后视镜(rear-view mirror),一个笨拙的词儿,你没发现它既累赘又啰唆吗?不妨与较明快的法语rétroviseur相比。我们多么希望有retrovision这个单词,嗯?可是,在人生中,我们没有这样有用的小镜子来放大刚刚走过的道路。我们在A61公路一路北上,向图卢兹奔驰,目视前方，目视前方。那些忘记历史的人将注定重蹈覆辙，后视镜（rétroviseur）不仅对交通安全，而且对种族生存也不可或缺。哦，亲爱的，我觉得一句广告语要应运而生了。

吉莉安：

那时我们在哪里？我穿着晨衣站在村道中央。我的脸上有血，它滴到了苏菲身上。小宝宝的前额上血迹斑斑，场面仿佛是黑色安息日的祝福。不管怎么说，我一脸惊恐，而这是蓄意为之的。我已纠缠了奥利弗一整天，对他唠唠叨叨，把他烦到了极点。这一切都是有预谋的，我仔细盘算过，知道斯图尔特一定会在看。我推想，如果斯图尔特看到奥利弗对我很恶劣，而我对他也很恶劣的话，他就会觉得我们的婚姻没什么好羡慕的，这样一来就有助于他重新开始他自己的生活。我母亲告诉我斯图尔特拜访了她，一个劲儿地跟她聊过去，聊了好几个小时。我使出浑身解数，想帮他打破这一僵局，给他——人们怎么说来着——给他一个了断。我的另一个如意算盘是，我和奥利弗可以顺利应付这件事，我可以搞定。毕竟这是我的拿手好戏。

于是，我就像个稻草人似的站在那里，像个疯女人。我脸上有血，那血是奥利弗用车钥匙戳我所致。我知道村民们的眼睛都在盯着我，也知道我们非离开不可。归根结底，法国人比英国人要市侩得多。在法国，礼节很重要。总而言之，我会告诉奥利弗到这村子来就是自寻烦恼。

可是，当然，我真正在意的是斯图尔特投向我的目光。我知道他在那里，在他旅馆的房间里。我在想：我的计谋得逞了吗？这样顶用吗？

斯图尔特：

那时我们在哪里？我清楚地记得自己在哪儿。那个房间租一个晚上要180法郎，衣柜门每次关上后又会自动打开，室内电视天线老是得调整，我睡得很不好。晚餐吃的是杏仁鳟鱼和焦糖蛋奶，早餐还得另付30法郎。早餐前，我站在窗前眺望他们的房子。

那天早上，我看着奥利弗驾车离开，他瞬间全速发动引擎，似乎忘了还可以用另外两个挡，这对他的车很不好。在机械方面，他素来无可救药。窗户敞开着，我可以听到车子的啸叫声，仿佛整个村庄都在啸叫，我的脑袋也在啸叫。吉莉安站在村道中央，仍然穿着晨袍，怀抱婴孩。她背对着我，我看不到她的脸。几辆车子从她身旁驶过，但她好像没有听到。她像座雕塑一样愣愣地矗立着，朝奥利弗离去的方向张望。过了一会儿，她转过身来，或多或少地直直地看向我。倒不是说她可能已看到了我，或者知道我在那儿。她用手帕捂住脸。她的晨袍呈鲜黄色，显得很不合时宜。然后，她慢慢走回屋子，关上了门。

我心里想：已经到这种地步了吗？

然后，我下楼去吃了早饭（30法郎）。

第四章
此时此刻

吉莉安：

我们在法国时认识了两位蛮友善的中年英国人，他们住在山麓中紧挨灌木丛生的石灰质荒地的一幢房子里。其中一人是位很糟糕的画家，也许我得说得委婉些。不过他们是一对你偶尔会遇到的那种仿佛深谙生活之道的夫妇。他们亲自清理土地，但留下了橄榄树。那里有个大露台，一方小池，几本艺术书和一摞供烧烤的藤蔓。他们甚至好像知道在大热天让微风吹拂的秘诀。最值得称道的是，他们从来不给我们提建议——你知道，如果你想买到最好的某物，可以去找卡尔卡松南部某小镇周二市场的左边第三个摊贩，而且，除了某人，你绝不能相信别的管道工。我通常会在炎热的下午带着苏菲到他们那儿去。有一天，我们坐在露台上，汤姆将视线从我身上移开，俯望峡谷。"倒不是关我们什么事,"他念叨道,仿佛在自言自语,"但我想说的是,千万别被外语感染哟。"

这几乎成了一句家庭笑话。如果苏菲打喷嚏,奥利弗会一脸严肃地过来说:"哈,苏菲,别被外语感染哟。"我现在仍然记得他和苏菲像小狗一样在地板上滚来滚去,或是胡言乱语,抑或是举起苏菲让她看他那豆藤上鲜红的花朵。我不能说那过去的十年过得很容易,但不管你怎么评判他,奥利弗一直是个好父亲。

但我明白,汤姆指的是某些较为普遍的事情。当时他并非特指他知道抗生素用法语怎么讲——不管怎样,我的法语足够好,而且奥利弗也总是可以勉强应付,即使这意味着他会在药店里胡侃歌剧。不,他的意思是:如果你打算侨居,那就要确定你自己有这方面的禀赋,因为任何事情只要出了差错就都会被夸大。一切事情都顺当的话,你就会对自己感到无比满意,因为你做了正确的决定,或是取得了突破。但一旦事情出了岔子——吵架、负债、失业等——就有可能让人加倍烦恼。

所以,我知道如果事情一直这么糟糕,纵使再不想面对全村的人,我们也该回家了。于是在命中注定的那一天,在奥利弗从图卢兹回来之前,我就把房子委托给了一个房产经纪人,准备把钥匙留给里夫斯太太。我对奥利弗十分坦率,也就是说,像你要圆一个弥天大谎时那样坦率。我告诉他法国不行,我告诉他工作不合我的口味,我告诉他我们应该以成熟的心态承认实验已告失败,如此种种。我责怪我自己。我自始至终很冷静,但我说我一直感到有压力，我承认我嫉妒那个他教的女孩是很不理智和毫无根据的。最后，我说他没有理由不将他那心爱的标致车带回英格兰。而且我认为，这就是打开心锁的钥匙。哦，对了，我做了一顿丰盛的晚餐。

简而言之，这是一切婚姻中甚为普遍的场景之一：事情谈了一半，就依据其他还没有谈论的事情做出了决定。

我们回到了家。另一件我们没有讨论的事情是再要一个孩子，我觉得我们需要这份黏合剂。于是，在必须的时候，我一不小心，玛丽就来了。哦，不要这样看着我，我所知道的一半婚姻都始于意外怀孕，还有不少婚姻由再要一个孩子来掩饰和修补裂痕。如果你愿意探究自己的身世，说不定会发现你就是这样来到这个世界的呢。

我重拾我的职业生涯。我还有人脉，聘用了艾莉做我的助理，在半英里外租了一间工作室。随着业务的不断扩展，我们确实需要更大的空间。是的，是很需要。一直以来，基本上是我在养家糊口。奥利弗很不好受，他精力充沛，但并不……强健。

生活再次安定了下来。我热爱我的工作，热爱我的孩子，和奥利弗也相处融洽。当初我嫁给他的时候，根本就没有期望他朝九晚五。我支持他的项目，但我并不指望它们非得有什么成果不可。他很友善，很风趣，是个好父亲，仔细想想，他很不错。他还会做饭。日子是一天天过的嘛。这是唯一的办法，不是吗？

瞧，我可不是"阳光女孩"，也曾有过艰难时光。我是个平平常常的母亲,也就是说,我晚上担惊受怕,白天也不好受。苏菲和玛丽只须表现出女孩们正常、活泼的样子——她们只须表现得好像她们相信这个世界,好像这个世界也会善待她们,她们只须带着一脸乐观离开家——我的胃就会因恐惧而紧缩。

斯图尔特:

有的陈词滥调千真万确,比方说,美国是个机会多多的国家,起码是机会多多的国家**之一**;有的陈词滥调却并不正确,比如美国人不懂反讽,或美国是个大熔炉,或美国是勇士之乡、自由之地。我在那儿生活了将近十年,认识了许多美国人,也很喜欢他们。我甚至和其中一个结了婚。

但他们不是英国人,甚至——尤其是——那些看上去是英国人的也不是英国人。我倒觉得这蛮好的。还有一句俗话是什么来着?两国一语?是的,这也说得没错。曾经有人冲我喊"你好吗?"我就不由自主地挥挥手,大声回应道:"很好。"尽管有时候我会故意用非常英式的口音,引得他们哈哈大笑。我会说"我猜""当然""你说对了"之类的话,也许还有其他一些我自己没留意的口头禅。

然而,正是字面下的含义才造成了这一差别。比如说,我的婚姻——第二次婚姻,美国的那场——五年后以离婚告终。在英国,其画外音是:"他的婚姻在五年后失败了。"我指的是在你自己头脑中的画外音,这是对你自己生活的评价。但是,在美国,画外音是这样的:"他的婚姻持续了五年。"那些美国人喜欢搞连环婚姻。我指的不是摩门教徒,我觉得那是因为他们是生性极度乐观的人。也许还有其他的解释,但我唯独就相信这一解释。

总之,我最好还是继续讲我的故事吧。我在华盛顿的一家银行工作,过了几年后,我开始有点美国化了,变得入乡随俗了。倒不是成了印第安人,可是……总之是那样呗。在英国,我就会一直坐在办公桌对面,看着工作人员核准小额贷款,心想只要我一如既往地勤勉敬业,最终一定能够大笔一挥批准大额贷款。然而,在美国待了一两年后,我开始想:为什么是他,为什么是她,而不是我?于是我坐到了桌子的另一边。

我和一位朋友合伙开了一家饭店。你可能会惊讶,如果在英国的话我自己也会大为惊讶,但在那儿不会。在美国,你今天是房产经纪人,明天就训练成了法官。我喜欢美食,我懂得金钱,我有一个厨艺很好的朋友,我们找到了一个地方,拿到了贷款,请了一位设计师,招聘了员工,嘿,说干就干!我们有了一家餐厅。这很简单,不是说做起来,而只是说想想很简单。但一旦你的思路对了,做起来也会比较简单。我们称之为"优鲜市集",表示价格公道,产品新鲜。餐厅菜式杂糅——集法式、加州式和泰式于一体,你一定会喜欢的。

后来,我将饭店盘给了我的搭档,自己搬到了巴尔的摩,开了另一家餐馆。新餐馆经营得也很好,但过了一段时间之后……

美国就是这样子。在英国,这会被称为"没有坚持不懈"或"不知自己想要什么"。在美国,这很正常。你成功了,便另辟蹊径,开创新功业;你失败了,依旧另辟蹊径,功成名就。正如我说的,美国人相当乐观。

有机食品经销,这是我接下来做的事情。在我看来,这显然是个朝阳产业。有机食品消费者日益增多,尤其是在城市,多数消费者足够富裕,足够多虑,愿意多掏钱买无污染产品。同时,生产商也日益增多,当然是在农村地区,他们很多都太闭塞、太理想化或太忙碌而不懂经销。我们只需要构建二者的联系。农产品市场确实蛮好的,但在我看来那是推销性的设施,几乎是个观光项目。我基本上只剩下零售店和蔬菜箱方案可以选择。蔬菜箱方案稍显业余,而商店通常对营销也不够了解,或者他们认为由于自己纯朴、高洁,就不需要推销自己。他们不明白即使今天——尤其是今天——美德也是需要兜售的。

所以,这就是我做的事情。经销和营销,那就是我的主业。事实上,很多有机食品生产商和阿米什人[1]一样与现代文明若即若离。许多零售店依旧由嬉皮士式的人来经营,他们认为快捷和效率是讨厌的中产阶级特征,会做加法是一项罪孽。然而,他们的顾客却日益成为普通的中产阶级,他们在每次想要无毒的欧洲萝卜时,并不会很想来一剂反文化。正如我所说,这是一个构建

---

1 阿米什人:Amish,基督新教再洗礼派门诺会中的一个信徒分支,又称亚米胥派,以拒绝汽车及电力等现代设施,过着简朴的生活而闻名。

联系的问题。

瞧，我知道你想我继续说下去，只是我刚好颇有感触。好吧，我心领神会。所以，我在巴尔的摩干了几年有机食品经销，然后来英国度了几周假。说实话，我并不太擅长度假，于是，我开始考察当地市场和送货系统，老实说，我有点震惊。于是我决定回家创业，这就是我此时此际做的事情。

奥利弗：

此时此刻，唯一的格林尼治时间……

此时此刻。时间很小气，说得没错。时间是一个狡猾轻浮的小女人。在你人生的大部分时光，时间忸怩踱步，噘起下唇，然后，仅仅在那短暂的快乐时光，在畅饮玛格丽塔葡萄酒的时刻，屋子里仿佛充溢着快乐，她像踩着旱冰鞋的女侍者一样疾行而过。趁着这快乐的时光，我诚心诚意、充满敬意地单膝跪地，向我亲爱的女士倾诉衷心。快乐开始于此一瞬间，你我上次分别时，我怎么知道这结束的时刻大致上就在此时？又怎么能预测这位愁眉不展、端着托盘的轻浮女人何时会再次召唤欢乐的时光？我必须坦承，在我们回到英国后的一段时间里，日子平淡得像圩田一样。然后玛丽诞生的好消息降临，她仿佛是可爱的新加坡司令酒，如果真的有的话。

而自从那以后，我们的生活就比在游乐场嬉戏，或是在水池旁打滚更欢乐了。父亲去世了，那真的是混乱不堪的一天。某些不辞辛劳的心理百科全书编纂者，他们都是诚挚的忧惧校准员，显然已经估计到父亲去世所造成的沉重压力和搬家的痛苦同时并存。也许他们是倒过来加以表述的，不过，即使这样，说得也没错。就我而言，相比于失去家长，我更担心失去铺在楼梯上的地毯和唐老鸭灯罩。

　　哦，别露出那样的神情。你根本不了解我父亲，对吧？他压根儿不可能是**你的**父亲，他从来就只是我的父亲，这老浑蛋。我才刚断奶的时候，他就常用曲棍球球棍或是台球杆打我。这一切全是因为我长得像我母亲。全是因为她在我6岁时就死了，而他无法忍受我们长得如此相像。哦，他伪造借口，说我刻意傲慢，还有随性无礼，外加少年气盛，必会纵火，但我知道这是怎么回事。我的父亲是一条冰冷冷的鱼，这条老比目鱼用抽筒烟来掩盖腥臭。后来，有一天，他的鳞片干了，鱼鳍就像弃置的油漆刷一样僵硬。他曾表达过想要火葬的意愿，但我把他埋在了十字路口，用一根标桩穿过他的心脏，以确认坟墓的方位。

　　他把那谑称为他财产的东西——不如说是一小份配额（我的意思是，那就只是些微不足道的零钱，而不是什么有价值的金币）——交给苏菲和玛丽托管。他还明确嘱咐，决不允许这位N. 奥利弗·拉塞尔的手指靠近这笔金钱。同时还给上述两位孙女留下几封信件解释个中原因。这么说吧，这些信封只是稍稍用胶水封口，信中充斥着魔幻现实主义发言和肆意诽谤。为了孩子们，我把它们随手扔进了附近的地下室。我的妻子在葬礼上哭泣，着实令我丢脸。老福尔克瑞那儿显然有一条紧急指令,比目鱼先生在那儿度过了人生的垂暮之年,燧石与砖块砌成的小神龛充斥着人工髋骨,假牙吟唱着对肉体复活的信念,在盛世时代这是一个足以促人警醒的概念,如今却令人毛骨悚然。毫无疑问,吉莉安觉得这一切出奇地令人心酸,就像来了例假似的。于是她呜呜地哭泣,尽管我的一只手紧紧地摁住她。随后,我回到老福尔克瑞身边,听他说爸爸使用齐默金属支架助步器和结肠造瘘袋的英勇故事。跟往常一样,我讲得很笼统。

我是不是有点离题了?好吧,这是口述的传统弱点,不足为奇。**请**不要责怪我,如今我更加敏感了。哦,就让我以斯图尔特的方式——讲述我过去的十年吧。我们离开了法国。是吉莉安带我们去了那里,又是吉莉安带我们回来。每一段婚姻都包含一个温和派和一个激进派,对此我说什么了吗?我们那奶黄色石头砌成的小村舍卖给了一个斤斤计较的比利时小气鬼。唉,他可不是比利时六名人之一。而且你知道后来的那点事儿。斯图尔特——那个人身保险电视广告上的人——暗示道:你一旦离开房地产市场,再回去就难上加难了。你可从未说过比这更真切的话语了,斯图宝贝。一处宁静如画、阳光和煦、带有成熟菜园的朗格多克隐居地,价格是某个伦敦邮区的烟囱体的一半,该邮区的邮编号码我都羞于提及,甚至邮递员到了这儿都会迷路。你也许偶尔能看到一辆公交车,但只可能是某位心存不满的当地人持枪劫持了公交车,并威逼它从事有益的社会服务。

我们的婚姻因为又产下一女而锦上添花。玛丽，苏菲的妹妹。这两个小家伙是多么爱她们亲爱的爸爸。她们像一块湿湿的浴幔紧紧地黏着我。苏菲严肃、认真，希望事事完美无缺；玛丽举止得体，已展露出小淑女的潜质。

我以前引用过有关浴幔的那句话吗？你干吗向我使眼色？这是做艺人的代价。你像分发糖果一样在散播名言，而坐在前方座位里的某个人有时会将糖果纸扔回去："嘿，跟你说，我们之前尝过这种口味的。"听着，这世上并没有那么多种类的软心豆粒糖。接下来你会抱怨说，现已写就的一切故事只不过是一套基本情节的变体而已。好吧，我在酝酿一个电影剧本，鉴于此，我应该知道这点的。我是说，在我脑海中酝酿。我承认，在过去十年中，我在艺术上的某些冒险往往惨淡收场。我有时被赶回到提姆先生的英语学院，就像一条狗回到它的呕吐物边一样，无非是为了多挣几个德拉克马银币，把一片藤叶标本放在家庭餐桌上。我担心奥利弗根本没有朝九晚五的精神。

然而，它像绿色的月桂树一样在遍地繁茂生长。这是否仅仅因为我更多地关注到了这些东西？自从我们从不长小包心菜的地方回到旧隆迪尼恩后的这些年，我愈发感觉到成败之间的悬殊差距从来没有这么——我们能够逃避这一词语么？我认为不能——鄙俗。一方面，是烁亮的越野车，道奇、图鲁斯特、酷路泽和通用超级涡轮；另一方面，弱不禁风的比萨外送小伙们骑着动力明显不足的小摩托车，越过减速带，羞愧地重新摆放顾客的比萨配料。粗鲁的动力操纵手高居交通之上,他们有没有想到过四季额外供应洋葱的人,他们有没有手握番茄——不是番茄酱而是新鲜的番茄——和多余的辣椒和豌豆?他们有一点儿在乎么?如果说虚伪是恶对善的致礼,那么,气派曾经往往是富人对穷人的致意,如今却不复如此了。

还有一件事。假如它们被称为越野车,那为什么有这么多的车在该死的路上行驶?如果可以的话,请你回答我。

你记不记得去年冬天美国中西部的那一场大雪?那场雪积得像大象眼睛那么高(这是对你说的,斯图尔特)。农民知道该怎么办,因为他们是农民嘛,他们把过时的网球拍绑在靴子上离开他们的速成小冰屋。卑微的蓝领工人知道要待在家中,启动微波炉,倒回他的"超级碗集锦"磁带。然而,真正混账的是那些坐在越野车内的资产阶级骑士,他们渴望伺机向所有地位低微者、后进生、笨蛋、乡巴佬和同性恋炫耀,他们可以舒舒服服地坐在四轮越野车上趾高气扬地越过雪面,那是多么壮观和令人羡慕。可是,仅仅为了证明在这世界上存在某种世俗或天国正义,他们,每一个人,都因为活塞或涡轮问题,陷进了雪里,只得由爱斯基摩犬或骑警将他们挖掘出来。

你认为那真的存在么?我是说这世上的正义。你相信善有善报,恶有恶报么?你是否认为为善最乐?我觉得,这历来只是意淫而已。也许,美德必须学会自慰才行,因为没有别人会来为它手淫。反之亦然吗——即,作恶自有报应?这听起来倒是蛮有道理的。如果骄纵的回馈不足以诱人沉沦,酒色之徒就不会沉溺于此。然而,那些安慰麻风病人的人,那些将他们的长内裤撕成绷带的人和通常乘着圣伯纳德犬一样的摩托雪橇来救援冻伤的越野者的人——从救援的那一刻开始,他们有过陶然的感觉么?难道这就是谚语"上帝不会因人们的劳作而奖给他们一张粮票,故而他们不妨纵情享乐"的含义?

我不过是一个戴着眼镜的学生,刚刚走过生命中的一个驿站。你也许会觉得我的结论水到渠成,但我不禁想,邪恶往往得逞。

你还想再听一个观点吗?我不怪你。那就不妨听一下这个吧,一个图卢兹老异教徒说的话:"上帝是完美的;世上没有完美之物;因此,世间万物均非上帝创造。"不错吧,嗯?

第五章

现在

泰里：

介意我加入你们吗？我的意思是，这场对话是私下的吧？如果你不喜欢这种方式，我也可以发邮件给你。但有件事我必须要告诉你，我是不会虚掷五年光阴的，我不会成为任何人该死的附属品。

斯图尔特雇我为餐厅领班是一笔很划算的交易，这一点他心知肚明。姑且不论厨师的手艺好坏，但若是没有前台部门，厨师就连展示的机会都没有，所以前台是一家餐厅的前哨阵地。他是电话亭、服务台、衣帽间和吧台。必备的技能有：当顾客准时到达，而桌子还没准备好时，使他保持愉悦心情；当客人只预订了两个位置，实际却到了六位时，处理好这突发状况；神不知鬼不觉地催促客人尽速用完餐。大小事宜于细微处见真章。当你看到一个已婚男士，除却每周五八点半，现在每周二也带着他的女朋友到店中，要不动声色；当一位女士要求核对账单时，要弄明白她是想埋单还只是无聊透顶。如果你吃不准，那就保持中立，不要有任何倾向。大小事宜，于细微处见真章。

对于以上种种，我都很在行，所以人们总是对我们的厨师赞不绝口，哪怕他厨艺稀松平常。后来，斯图尔特开始采购最好的有机食材，那本可以让厨师大出风头，却让他滚了蛋。因为厨师们更喜欢自己的食材供应商，却对个中缘由守口如瓶。譬如，酱汁并不是他们唯一需要撇掉的东西，不知你是否听得懂我的话。

我们索性重新找了个厨师，起码他厨艺更佳，但他也被迫滚蛋，因为他说斯图尔特不懂怎么买鱼。肉、蔬菜和水果，他去买没问题，但鱼，没门儿。所以，我就像是联合国，斡旋于厨房和紧挨前台的办公室之间。说句公道话，斯图尔特对此十分赞赏。

我们对英国人有自己的看法，尤其是在巴尔的摩（也许你没听说过它）这种典型的美国城市。那个嫁给你们国王的沃利斯·辛普森就是巴尔的摩人。来我们这里的英国人并不太多，所以我们对他们有成见，觉得英国人势利、抱团，不肯掏钱买份饮料，能免则免。对了，而且大多数男人都是"茶包"，请原谅我这样形容。但斯图尔特不是那样。虽然他一开始比较矜持，但他给我们付全额市场工资，而且，说实在的，好像也比较喜欢美国人。当他向我提出约会邀请时，我直截了当地拒绝了，因为我从来不在工作场合约会，从来都没有。然后他开始上演各种好戏——希望你懂我的意思——说什么他不懂美国礼节呀，尊重我的拒绝呀，但是，在我们神秘的社会礼仪下，难道工作关系和纯粹的约会之间就没有可变通的余地，以至于我可以在不违心的情况下答应他的邀请吗？我说："这样吧，如果你有心的话，可以请我喝一杯。"然后我们两个都笑了起来。

我们的关系就从此开始了。除非你跪下来求我，否则我可不会一五一十地告诉你。但是，在你有更深的了解之前，我想先说点什么。斯图尔特的人生历程大致是这样子的：缓慢起步，第一次婚姻失败，前往美国，投身商界，事业有成，拥有如意却并不长久的第二次婚姻，和平离婚，开始怀恋英国，决定回国发挥其经商才华。又一个美国式的成功故事，我们不正是喜欢这种调调吗？人总是先糟蹋他的人生，然后专心致志，奋力前行。

当然，每个人都可拥有自己的人生故事，这是另一种美国式的自由。想要这样的自由，就相信它吧。现在就相信吧。

斯图尔特：

我的关键词是透明、效率、美德、便捷和灵活。从根本上说，市场可以被划分为三种模式：第一，直接从产商那里邮购——最适用于肉类和家禽——这样你就确切地知道其来源，这就是透明；第二，超市，尽管它较迟进入游戏，但它知道如何展示、销售，以及如何采购货源，这就是效率；第三，地方零售商，他们通常比较杂乱，例如旧货店，充斥着脏兮兮的再生塑料袋和呆笨的店员，他们真的喜欢相互闲聊完了后才正儿八经地卖给你一些韭菜什么的，真丢人啊，这是美德。依我看，当代的有机食品消费者有权享受这三方面最好的服务：知道产品来自何方，受到作为顾客应得的善待，知道店员做的事是对的，并准备好支付他们一点儿小费。再加上方便性和灵活性，这就是你需要的全部。于是我做了些市场调研，签署了几项关键的独家经销权。鸡蛋、面包、牛奶、奶酪、蜂蜜、水果和蔬菜——这些都是基础啊。鱼，不要；肉，行。有些人可能一看到肉就难受，但我的销售目标并不是强硬派和理想主义者，而是有足够可支配收入、对有机食品有鉴别力的传统消费者，这些人也喜欢一站式购物。我不想涉足有机葡萄酒和啤酒那样无关紧要的商品，也不想把这地方搞成一个茶馆。忘了那些装豆子汤的牛奶桶吧，放弃那些外行又浮夸的手写告示吧，雇用知道如何回答问题，并且热爱用狭长而顶部双折的牛皮纸包装包的职员吧。我们将提供送货上门、在线预订、供应商见面会专场活动以及月份通讯。

也许你觉得这一切都太浅显了，但我从未说过我要成为一名独创性思想家。总的来说，独创性思想家破产无疑。而且，如我所说，有些老生常谈是有道理的。我不过是观察市场，弄清人们的需求，做了下调研，然后得出了结论。我给我的店取名为"绿色食品店"。你喜欢吗？我本人倒是很自豪。我现在有四家分店，还有两家明年开张。我的店在食品网和彩色杂志上都得到了推荐。几个月前，某家当地报社想对我做个专访，不过我回绝了。我不希望通过这个渠道扩散消息,想要等到时机成熟,等到我把一切都安顿好的时候,也就是现在。

吉莉安:

当我说奥利弗过得很艰难的时候,我是说真的。我有份工作,要出门上班,结识各式各样的新人。而奥利弗还在等待,等待机会降临。

最近,有人在报纸上倡言,应该把婚姻当作生意对待。他们说,浪漫不会天长地久,所以夫妻应提早商议两口子的合伙条款:一切条件、款项、权利和义务。说实话,这对我来说根本不是什么新鲜事。它让我想起了那些古老的荷兰画作——夫妻并肩而坐,有点沾沾自喜地凝视外面的世界,有时妻子还拿着个钱包。婚姻就像生意:瞧瞧我们的盈利吧。不过,本人绝不赞同。如果浪漫已然不再,婚姻还有什么意义?如果我每晚不想回到奥利弗身边,那意义何在?

当然,就像任何正常婚姻那样,我们也常常讨论日常事务的安排:孩子、购物、一日三餐、接送时间、家庭作业、电视、上学交通高峰期、开销、假日。然后倒头便睡,无心做爱。

不好意思,这是奥利弗开的一个玩笑。在漫长的一天结束之际,工作成了难题,女儿们很难管的时候,他就会说:"我们直接睡吧,就别做爱了。"

我的父亲——他是一位老师——在我13岁的时候,和他的一个学生私奔了。你知道那件事，是吧？妈妈从来不提这件事，也不提他，甚至连名字也不提。我有时想，如果当时他没有私奔，一切又会怎样？如果他正要一走了之时，突然改变了主意——认定婚姻就是一场生意——然后留下来呢？你想，有多少人的人生将会被彻底改变啊。如果是那样，我现在还会在这里吗？

前几天，我在看一本书——一个女人写的——书中的某个地方，她提到——我手头上没有这本书，所以无法一字不差地引用——大概意思是说，每一段关系都包含其他所有关系所没有的幽灵或阴影——一切被放弃的抉择、被忘却的选项，以及本可以拥有却最终没有，也未曾过上的人生。我发现这番话既因为它的真实性而非常抚慰人心，但同时又非常令人惶惑。你认为那只是成长或变老的一部分吗？无论我们怎么称呼它都行。我突然对自己从未流产感到十分宽慰。我的意思是，那真的很幸运——年轻一点儿的时候，我原则上并不反对流产。但想象一下在人生晚年想到此事，被放弃的抉择，没有过上的人生，仅是抽象地假想一下它们就够糟糕的了。若一切是真的，想象一下吧，那又会怎样？

这就是我现在的生活。

怀亚特夫人：

"有爱情才有婚姻，就像有火才有烟。"你记得吗？尚福

039

尔的名言。他的意思只是，婚姻是爱情注定的结局，二者如影随形吗？若是这样，这句话就只是灵光一闪而已，不值得记载下来，是吗？因此，他在邀请我们更加准确地审视这一比喻。也许，他的意思是，爱情是戏剧性的、炽热的、熊熊燃烧而喧闹的，而婚姻则像一团温暖的雾，刺激你的眼睛，让你目不能视。也许，他还想说，婚姻是某种风中飘摇的东西——爱情来势凶猛，燃烧它立足的土地，而婚姻较为散漫，一缕微风就能将它改变，将它吹散。

我也很赞同这样的比喻。人们往往认为，擦亮一根火柴时，火焰中心是最炽热的部分。这是错误的。最热的部分不在火焰内部，而是在火焰的外围，实际上就在火焰的上方。最热的部分恰恰在火焰尽头，烟雾升起的地方，就在那交界处。很有趣吧，嗯？

在某些人眼中，我很聪明，那是因为我把悲观隐藏了起来，没有在他们面前显露出来。人们希望相信，是的，希望相信虽然情况也许很糟，但总会有各种各样的解决办法。而只要选对了办法，事情就会好起来。耐心、美德和适度的英雄气概便会得到回报。我当然没这么说，但是，我的某些行事风格说明这完全是可能的。那个装模作样、自称在写电影脚本的奥利弗曾经跟我讲过一则有关好莱坞的经典智慧：美国人追求的是有着幸福结局的悲剧。于是我的忠告同样也是好莱坞式的，人们因此觉得我很睿智。所以，为了赢得智者的名声，你必须做一个能够预测幸福结局的悲观主义者。但我给自己的建议不是好莱坞式的，而是更加传统的。我不信神祇，当然，除非作为某种隐喻。但我坚信人生是一场悲剧，假如还可以用这个术语的话。人生是个过程，在这过程中你最为脆弱的地方不可避免地要被发现，你自己早先的行为和欲望也会使你遭受惩罚。但惩罚来临得并不公正，哦，不——这也是我说的不信神祇的含义之一——只不过是会那样受到惩罚而已。不妨说，惩罚降临得无法无天。

我认为我这辈子不会再爱上一个人了。这是你在人生的某个节点上必须承认的一件事。不，不，别奉承我。没错，我是看上去比实际年龄年轻一些，但对一个像我这样，在美容产品上经年累月一掷千金的法国女人来说，这可算不上什么特别的恭维。倒也不是说我再不可能遇到爱人，这些事总有可能发生的，而且人们总能在这些事情上付出代价，正式也好，非正式也罢——哦，别再这么惊讶了——但是，我就是不愿付出更多的代价罢了。噢，怀亚特夫人，你可不能那样说，你永远不知道什么时候爱会突然袭来。正如你曾告诉过我们的那样，那永远是一段危险的时光，等等。你误解我了。我并不是不想要，也并不是不想去要。我并不是没有欲望，就这么说吧：现在我也许跟以前充满欲望的时候一样快乐。我不太忙碌，也不那么操心了，但快乐没有丝毫减少，或者说不快也没有变少。或许，难道这就是那些不再存在的神祇对我的惩罚：使我明白自己经受的这一切心病——是这么说的吗——一切追求和一切痛苦、一切期望和一切所作所为，最终在我心中竟都与幸福毫不相关？这就是对我的惩罚吗？

这就是我现在的处境。

艾莉：

过了很久以后我才叫她吉莉安。先是在电话上，后来跟别人聊起她时，最后才当面这样叫她。她是那种非常沉稳、非常自信的人，毕竟她的年龄几乎是我的两倍。我是说，她大概四十出头了吧。至于她到底多少岁，我做梦都没想问她。不过话说回来，如果我真的问她，我打赌她一定会直截了当地告诉我的。

你应该听到过她打电话吧？我可不敢说她说的有些事儿。我的意思是，她说的全都是实话，但却让事情变得更糟，是不是？你看，有客户之所以把作品寄给我们，那是因为他们心底里希望我们在画作的层层污垢下找到列奥纳多·达·芬奇的签名，这样他们就可以赚个盆满钵满。是的，往往就是这么简单。他们没任何证据，只持有这样坚定的信念，他们心想，把画送去清洁鉴定便可证明自己的预感是先见之明。这就是他们掏钱给我们的原因，对吧？多数时候，我们看一眼就知道，可是，由于吉莉安喜欢搜寻证据，所以她一般不告诉对方他们的希冀是不可能成真的，而且，由于她并没有真的那么说，这就让他们的期望值更加高涨。于是，到了最后，十有八九她就不得不告诉他们真相。听到这一结果，有些人就像眼睛被重重揍了一拳。

"不，恐怕不是。"她会这么说。

然后电话另一端就会传来一阵漫长的咆哮。

"恐怕那完全不可能。"

更多的咆哮。

"是的，也许那会是一幅丢失画作的仿品，但即便如此，它最早也产于1750至1760年间。"

短促的咆哮。

"好吧，如果你愿意，就叫它镉黄吧，尽管镉直到1817年才被发现。1750年前，这种混合黄色颜料并不存在。"

短暂的咆哮。

"是的，我'只'是个修复师而已。也就是说，我可以在特定的参数内通过分析颜料来确定某幅画的年代。还有其他方法确定画作的年份。比如说，如果你是业余爱好者，你就可以对画作怀有'某种特别的感觉'，然后就可以随心所欲地确定其年代。"

那通常会让顾客闭嘴，这毫不令人讶异。但并不是每次都奏效。

"不，我们除去了覆盖色。"

"不，我们分析了所有的颜料层，直至画布。"

"不，你当初答应的。"

"不，我们没有'损坏'它。"

她始终保持冷静，最后才说："我倒有个建议。"她停顿片刻，以确认对方在全神贯注地听，"当你付了钱并取走画以后，我们就把所有的颜料分析和报告寄给你，而如果你不喜欢，就可把它一烧了之。"

一般情况下，对话就这样结束了。而吉莉安，当她放下电话的时候，看上去——怎么说呢——并没有得意扬扬，而是自信满满。

"他不会再急匆匆地找来了。"我说，部分含义是，你这不是在推掉生意吗？

"我是不会为那样的蠢猪工作的。"她说。

也许，你觉得这只是一份安安静静的技术性工作，但其实你会有很多的压力。这个人吧，他此前在某地的拍卖会上看中了一幅画，他老婆很喜欢，只是因为这幅画色调很暗，画的是《圣经》中的场景，他就断定此画出自伦勃朗之手。即使不是，也是如他所说出自"某位像伦勃朗一样"的名家之手，仿佛这世上真有这个人似的。他花了6000英镑买下了它，显然把清洁和鉴定视为投资，期望最初的花费可骤增至成百上千万。他当然不希望人家最后告诉他，他得到的是一幅较洁净的画，已经修复好了，只要另有买家，它仍值6000英镑左右。

她，吉莉安，是个很直率的人。况且，她眼力很好，善于鉴别赝品。无论是对人还是对艺术品，不管是从前还是现在。

奥利弗：

现在我来讲一件很有趣的事。那天我把我的两个小小的遗嘱继承人和受益人扔在当地一家填鸭式的教育机构，在那儿，呱呱叫的大鹅一边像灌玉米一样向这些可爱无知的小鹅崽子们灌输知识，一边给它们温柔地按摩喉咙。公寓看上去一片狼藉，就像古罗马诸家神举办过盛大宴会似的，出于对艺术的追求，渴望由乱而治的我，在水槽里堆起了一叠叠东西。而当我正要决定是再看一下《萨尔蒂科夫-谢德林未刊行短篇小说》，还是来一场三小时的手淫（别嫉妒，只是开个玩笑）时，刺耳的电话铃声突然让我意识到了哲学家们荒谬地称之为外部世界的东西。也许，是某个好莱坞经理对我的剧本爱不释手，不由自主地进入了陌生的夜间生物世界：马里布蜂猴和爱德华的贝莱尔短尾狐猴？或者，也许似乎更有可能的是，那是我亲爱的老婆的一个振聋发聩的商业警示，说什么中短期内洗涤液将严重短缺？但现实却证明——就此而言，哲学家们千年来倒是千真万确，着实令人惊愕——并不完全如我想象的那样。

"您好，我是斯图尔特。"一个自鸣得意的声音说道。

"哦，好啊。"我带着早晨的忧郁怏怏地答道。（早上，忧郁的心情总是最为深重，你没有注意到吗？在这个问题上，我历来有这样一个观点，即：无可避免地，一天的流程——黎明，早晨，下午，黄昏，夜晚——代表了人类生存无比彰显的运行模式：虽然身着毛毡燕尾服的黄昏在遮掩一切的夜晚的尾随下翩翩而至是一段值得宽慰的时光，可以帮助人们了解人类的脆弱性和无可避免的、该死的死亡；虽然早早的午后同样是个合理时段，因为此时正午的枪声像耳鸣一样在你的耳边呼啸回响，但是，想到忧郁的玉米片，想到绝望的酸奶酪，如果不是对它侮辱的话，这显然与这比喻是相互矛盾的。这一矛盾使得黑狗的牙齿在清晨更加锋利，而反讽就像狂犬病毒一样在唾液中冒着泡泡。）

"奥利弗，"刚才的声音又重复了一遍，显然被我的指责吓住了，"我是斯图尔特呀。"

"斯图尔特，"我答道，随即意识到我必须拖延时间，见机行事，"抱歉，我听成了斯塔瓦特。"

他没有回应。"事儿怎么样？"他问。

"事儿嘛，"我说，"那就要取决于你的人生态度喽。要么是大大的假象，要么就是这世上切切实实、唯一的'事儿'。"

"奥利弗，你还是老样子。"他不无赞赏地咯咯一笑。

"那么，"我反戈一击，"**那**既是哲学又是生理学上的一个议题。"我向他扼要概述了细胞更替策略，以及留存于人工制品的"奥利弗-组织"可能占的百分比，无论他最后瞥见那人工制品是多少千年以前。

"我觉得我们可以见个面。"

直到那时我才意识到，他并不是我早晨变幻无常的心情的副产物，甚至——一度像很多人理解的那样看待这"世界"——打的不是长途电话。斯图宝贝——我的斯图宝贝——已经回到了镇上。

第六章
贾思特·斯图尔特

斯图尔特：

接到我的电话，奥利弗似乎很吃惊。不过，我觉得这其实没什么好吃惊的。往往打电话的人会更多地为接电话的人考虑，而不是相反。有些人打电话时，开口便说："嘿，是我。"就好像这世界上只有一个人叫作"我"。虽然这有些可笑，也有些恼人，但你总会猜到是谁在电话的另一端。所以，从某种角度来说，确实只有一个"我"。

抱歉，我有些跑题了。

在最初的吃惊过后，奥利弗问："你是怎么找到我们的？"

我沉思片刻，说："我是在电话簿里找到你的联系方式的。"

我说这话的方式让奥利弗咯咯直笑，就像他以前一样。这笑声勾起了我对过去的回忆。过了一会儿,我也笑了起来,即使我并不觉得这有奥利弗认为的那么可笑。

"斯图尔特,你还是老样子嘛!"他终于说了一句话。

"不完全如此。"我回答,其含义是:别轻易下结论。

"怎么不是呢?"——这是典型的奥利弗式提问方式。

"唉,我的头发都已变白了。"

"真的吗?是谁曾经说过早生白发是江湖骗子的标志?哪个纨绔才子来着?"他开始罗列一个个名字,但我没有工夫听他磨叽。

"人们给我扣上种种罪名,但唯有江湖骗子这点是站不住脚的。"

"噢,斯图尔特,我不是在说你,"他说,而我甚至有点相信他了,"你可以把这样的指控当作名副其实的过滤器。你可以用它滤干意大利面。你可以……"

"星期四怎么样?此前我都不在城里。"

他翻查了一本并不存在的日记——人们这么做的时候,我总能知道——想把我放进里面。

吉莉安:

你跟某个人生活了一段时间以后,若是他们在隐瞒什么,你总能知道,对不?同样地,你也总能知道他们有没有在听你讲话,是否愿意和你待在同一个房间,或者……其他诸如此类的事情。

奥利弗喜欢把事情一件件积攒起来,然后再一起告诉我。对此,我一向深有感触。他就像个孩子,把双手窝成杯状,等盛满东西再送给你。我猜想这种习惯部分是出于他的天性,部分是因为他的阅历还不够。有一点我对奥利弗很了解,那就是他真的很善于做个成功人士。他会尽情享受,可有趣的是,那并不会宠坏他。对此,我真的深信不疑。

那天我们正在吃晚饭,吃的是意大利面,配上他亲手做的番茄酱。"咱们来玩'20个问题'的游戏吧。"就在我认为他要说这句话的时候,他说道。我们很喜欢这个游戏,部分原因在于它能延长我们之间交流信息的时间。我的意思是,其实我也没那么多东西可告诉奥利弗的,因为我一整天都是在工作室忙碌,一边听广播,一边和艾莉聊天,大部分时间聊的是有关男朋友的问题。

"好吧。"我说。

"猜猜谁给我打电话了?"

"斯图尔特。"我不假思索地脱口而出。

就跟我说的那样,不假思索。是的,先不说别的,我想都没有想过自己正在毁掉奥利弗的游戏。他直直地盯着我,就好像我作了弊,或者听到了什么风声。他显然无法相信我会这么容易就猜出是斯图尔特。

一阵沉默过后,奥利弗开口了,他怒气冲冲地问:"那么,他的头发是什么颜色?"

"斯图尔特的头发是什么颜色？"我重复道，就好像我们在进行一场普普通通的交谈，"呃，有点像老鼠一样的褐色。"

"错了！"他大声喊道，"他的头发已经开始变白了！是谁说这是江湖骗子的标志？不是奥斯卡，是比尔博姆、比尔博姆的兄弟、赫尔斯曼，还是老约里斯-卡尔？"

"你见过他吗？"

"没有。"他回答，听上去并没有洋洋得意，但至少像是已重夺掌控权。我随它去了——我指的是，应对婚姻挑战的职责。

奥利弗跟我讲了斯图尔特的近况。斯图尔特貌似娶了个美国女人，成了一个果蔬商，他的头发也开始变白了。我用了"貌似"这个词，那是因为在收集信息这件事上，奥利弗往往只求个大概。而且，他好像也没问到各种关键的信息，比如斯图尔特过来待多久、为何而来，以及他会待在哪儿。

"咱们来玩'20个问题'的游戏吧。"奥利弗第二次说道。这时，他显得更放松了些。

"好吧。"

"你猜猜看我在酱汁里加了什么草本植物、香料或其他有益于健康的添加剂、营养品或调味品？"

在20次机会里，我并没有想出答案，也许是我没有很努力吧。

后来，我想：我怎么那么快就猜到了是斯图尔特？当我听到他已经结婚了时，为什么会那么震惊？不，事情并没有那么简单。"结婚"是一回事，但当你听到已经十年未见的人结婚时，是不会吃惊的。不，是"娶了个美国女人"才让我震惊的。那很含糊，但是突然，就在刹那间，似乎一切都明朗了。

"为什么是现在？"那个星期四，当奥利弗准备出发和斯图尔特去喝酒时，我问道。

"你这话是什么意思？什么叫'为什么是现在'？现在已经是晚上6点了。我得在6点半赶到那儿。"

"我不是这个意思。我是说为什么是现在？为什么斯图尔特偏偏要在现在跟我们联系？都已经过了这么久了。十年了。"

"我猜他可能是想要弥补吧。"

我有些难以置信地看着他。

"你知道，他想求得原谅。"

"奥利弗，是**我们伤害了他**，而不是他伤害了我们。"

"噢，好吧，"奥利弗兴高采烈地说，"现在这些都过去了。"说罢，他喔喔地尖叫起来，像只鸡一样地来回摆动双肘，这是他说"必须得飞了"的方式。有一次我向他指出鸡是不会飞的，但他说那是笑话的一部分。

斯图尔特：

我不是一个喜欢卿卿我我的人。我的意思是，握手是一回事，而做爱是另一回事——自然，它处在截然相反的一端。还有做爱前的爱抚，我也很享受。但是，拍肩、拥抱、撞肩、击掌这类人类活动——如果你认真思考，便可发现这一切都是**男性**行为——对不起,我做不到。这倒不是说它在美国很重要。他们觉得我就是从美国来的,这时候我也只得说"恐怕我只是个很古板的英国佬。"他们听后就能明白,就会大笑,就会狠命地拍我的肩膀,而那也是蛮好的。

奥利弗一向是个很黏人的人。他一有机会就跟人挽手,也喜欢亲吻人家的两颊,而他真正喜欢做的是双手捧起女人的头,一只"爪子"放在她额头的一侧,满嘴口水地吻遍她,我觉得这很恶心。他也是这么看待自己的,仿佛以此证明他是个很随和的人,是他在操纵一切。

所以,当我和奥利弗十年后再次相遇时,我对他的反应毫不惊讶。我站起身,伸出手让他握。他握了握我的手,不过随后,他一直抓着我的手,左手也一把拢住了我的手臂。他先捏了捏我的手肘,又捏了捏我的肩膀,之后将手放在我的脖子上,在那儿捏了捏。最后,他挠了挠我的后脑勺,好像在提醒我我的头发已经花白了。如果你在电影里看到这样问候的一幕,你肯定会怀疑奥利弗是个黑手党成员,就在他向我保证一切安好之际,另一个恶棍会拿着绞刑具悄悄地从我背后接近。

"你要喝什么?"我问道。

"来一品脱'劈颅巨魔'酒吧,老伙计。"

"我不确定他们有没有这种酒,你知道。他们倒有贝瀚文微醇啤酒。要不来份佩尔弗·安伯利?"

"斯图尔特。斯图——尔特!开个玩笑。劈颅巨魔。开个玩笑啊。"

"噢。"我说。

奥利弗叫来了酒保,询问他们有没有杯装葡萄酒,连连点了好几次头,最后点了一大杯伏特加奎宁水。

"你这家伙还是老样子,一点儿都没变嘛。"奥利弗对我说。是啊,我没变:我已老了10岁,头发已花白,也不再戴眼镜,锻炼让我的体重减了9.5千克,现在从头到脚一身美国装束。是的,斯图尔特还是老样子。当然,他可能说的是我的内在,但那么说还有些为时过早。

"你也没变啊。"

"勿使浑球欺汝。"他答道,但在我看来,浑球已把他欺负得够呛。他的头发还是跟以前一样又长又黑,但脸上已开始出现皱纹,身上的那件亚麻外套——看上去跟他十年前穿的那件简直一模一样——也污迹斑斑,也许在先前还显得有放荡不羁的气度,但现在看起来实在寒碜。他的鞋子是那种黑白相间的款式,就是皮条客穿的鞋子——只是已完全磨损。所以他看上去和我印象中的奥利弗一模一样,只是更为潦倒。话说回来,也可能是我变了吧。也许他其实还是一样,只是我现在看他的方式已经改变了。

他跟我讲起这十年间发生的点点滴滴,一切听起来都很美好。自从他们回到伦敦,吉莉安的事业才真正有了起色。两个女儿令他们骄傲,给他们带来喜悦。现在他们住在镇里日渐繁华的区域,而奥利弗本人也有"多个项目在开发"。

但他没有富裕到可以请得起这次客(我注意到这样的事,望你们千万原谅)。他倒也没有一个劲儿地问我问题,不过这期间他确实问过我的"果蔬生意"怎么样。我说"蛮赚钱"。那并不是首先闪入我脑海的词语,但那是我想让奥利弗听到的词。我本可以说蛮有趣、蛮有挑战性、蛮费时、蛮辛苦等,但他问问题的腔调让我选了"蛮赚钱"这个词。

他有点愠怒地点了点头,好像在心甘情愿地在蔬菜水果店掏钱买最好的有机产品的那些人与其他不把钱给奥利弗以帮助他"开发项目"的人之间有某种直接联系似的,好像作为盈利原则捍卫者的我非得为此而内疚不可。但我才不会呢,你知道的。

哦,对了,还有一件事。你知道某些友情是怎么像当初它们开始那样山穷水尽的吗?就像在家里,小妹妹即使已经开始领取养老金了,但在大哥的眼中,她依然是小妹妹。好吧,我和奥利弗之间这一切都已变了。我的意思是,在酒吧里,他还是那样子对我,就好像我是他的小妹妹似的。这对他来说一样,但对我不同。我现在觉得很不一样了。

后来,我想了想他没有问的几个问题。以前,我会觉得自己受到了伤害,但现在我不会了。我不知道他有没有注意到我根本没有问起吉莉安。我由着他告诉我,但我不曾主动问过。

吉莉安：

奥利弗回家时，苏菲正在做家庭作业。他有点喝醉了——但没有酩酊大醉，是那种三两杯酒下空肚的感觉。你知道这种情形吧——男人回到家，隐隐期望因此得到老婆的夸奖？难道是因为在他的记忆深处渴望着结婚前夜晚顺畅地奔腾流逝的时光？因此，我感到了那么一点儿莫名其妙的滋味，不知道挑衅还是怨愤。但转而你感到很怨愤，因为毕竟你并没有阻止他外出，平心而论，你不介意他在外面待得晚一些，即使待一整晚都行，因为偶尔你也喜欢有个可以独自和孩子在一起的夜晚。而这就把事情搞得有些紧张了。

"你去哪儿了，爸爸？"

"去酒吧了，小苏菲。"

"那你喝醉了吗？"

奥利弗绕着房间转了一圈，表现出醉醺醺的样子，还把酒气喷得苏菲全身都是。苏菲装作要晕倒，不停地摆手想要把这酒气赶走。

"你是和谁一起去喝酒的呢？"

"一个老朋友。一个老伙伴。一个美国富豪。"

"什么叫富豪？"

"钱比我赚得多的人。"大概世界上其余的人都是吧，我想。

"他也喝醉了吗？"

"喝醉？他醉得把隐形眼镜都掉出来了。"

苏菲哈哈大笑。我感到一阵轻松，只一会儿而已。噢，坏事了。你认为小孩子在这种时候都会有一种本能吗？

"那这个人是谁？"

奥利弗看着我："他只是斯图尔特而已。"

"这真是个有趣的名字——贾思特·斯图尔特（Just Stuart）。"

"呃，他是一名律师，你知道。实实在在地是个名不副实的律师。"

"爸爸，你**真的**喝醉了。"奥利弗又把酒气喷到了她身上，苏菲再次想呕吐。她好像该回去做作业了，最后问道："那么，你是怎么认识他的？"

"他？"

"贾思特·斯图尔特，就是那个富豪呀。"

奥利弗又看了看我。我不知道苏菲是否已心领神会。"我们是怎么认识贾思特·斯图尔特的？"他问我。噢，多谢啦，我心中暗想。你自己倒是独善其身。我又想：现在可不是时候。

"他是我们的老相识。"我含糊地说。

"很显然嘛。"她回答道，声音老气横秋。

"三明治。"我对奥利弗说。"睡觉去。"我对苏菲说。他们都熟悉我那副腔调。我自己也熟悉，而且并不想老是听到它。但是，你还有其他什么招儿呢？

奥利弗到厨房里待了好一会儿，拿回来一大个薯条黄油三明治。他买了个油炸锅——他可笑地引以为傲——这锅有个过滤器，他认为它可以吸油烟。当然，它吸不了。

"做出美味薯条黄油三明治的诀窍在于，"他不是第一次这么说，"薯条的热度恰好融化面包上的黄油。"

"然后呢？"

"然后黄油就流到了你的手腕上。"

"不，我是问斯图尔特的事。"

"哦，你是问斯图尔特呀。他身强力壮，头发灰白，腰缠万贯。他都不让我请客——你们知道富豪摆阔时的气派。"

"我觉得我们俩谁都不知道。"

据奥利弗说，斯图尔特还是老样子，除了现今他是个富豪和讨厌鬼，喝啤酒时老是谈论些和猪有关的事情。

"你会再见他吗？"

"没做安排呢。"

"你有他的电话吗？"

奥利弗看了我一眼，从盘子里刮了些黄油，说："他没有给我。"

"你的意思是，他拒绝给你？"

他咀嚼了一会儿，然后做作地叹息一声："不，我的意思是，我根本没有向他要，他也没有主动给我。"

听到这个，我松了口气。激怒一下奥利弗是值得的，十有八九斯图尔特只是过来小住一段时间。

057

难道**我**想再见斯图尔特吗？后来我问我自己。而我不知道答案。通常我能当机立断——好吧，必须有某人在身边才行——但我意识到，当遇到这样的事情时，我需要有个人帮我拿定主意。

无论如何，我想它应该不会发生的吧。

泰里：

我有几位朋友住在海湾。他们告诉过我捕蟹人是怎么干活的。捕蟹人通常在凌晨时分开始工作，大约在两点半，一直干到早上。他们放下一条长达五百码的线，每隔几码就会放上小线虫诱饵去吸引螃蟹。放好线以后，他们就开始往岸上拉，这时候就需要你有好眼力和技术了。螃蟹会紧紧抓着饵料，但螃蟹并不蠢，它们不会任由自己被拉到空中，然后被摘下，扔进篮子中，对吧？所以就在螃蟹到达水面时，就在它要逃走前，捕蟹人得熟练地把手伸入水中，把它抓出来。

就像我朋友玛塞尔说的：这让你想起什么事情了吗？

斯图尔特：

你觉得奥利弗的表现怎么样？我的意思是，实话实说。我不知道自己在期盼什么。也许我是在期盼某件我无法向自己坦诚的事。但让我来告诉你吧，我并不是**什么**都没有期盼。但我也不是期盼他说："嘿，斯图尔特，我的老朋友，我的老伙伴，多年没见你了，是的，也许你会请我喝上一杯，然后再来一杯，让我触额发以示我对你的尊敬吧，亲爱的先生，然后再来一杯，而在这之间，我会继续我们中断的友谊，一如既往地支持你。"这就是我所谓的没有期盼，也许是我有点天真了吧。

然而，人生有很多事情并非那么直截了当，你不觉得吗？就拿你对朋友的厌恶这一点来说吧。或者确切地说，同时既喜欢他们又讨厌他们。当然，我已经不再把奥利弗当朋友了。不过他显然还把我视为他的朋友。你看，这又是一个复杂的问题：甲把乙看作朋友，但乙并不把甲视为朋友。如果你问我，那我会说友谊有时候比婚姻还要复杂。我的意思是，婚姻对大多数人来说是一场终极挑战，不是吗？那一刻，你押上你的一生做赌注，那一时刻，你说我在这儿，这就是我的主张，我会把我拥有的一切都给你。我不是指财富，而是指心灵。换句话说，我们的目标是百分之一百的完美，对吧？眼下也许我们还达不到百分之一百，很有可能我们无法达到，或者也许可以暂时达到然后将自己的目标缩小，但我们知道那个数字，那个圆满的百分之一百，是一直存在的。这在过去常常被称为"理想"，我想现在我们称之为"目标"了吧。然后，当事情出了岔子时，当百分比跌到了认可的目标以下时——譬如说百分之五十以下——你就得离婚了。

但友谊就没那么简单了，不是吗？你遇到某些人，你喜欢他们，你们一起做事——于是你们成了朋友。但你们并不举行任何宣称你们是朋友的仪式，而且你们也没有一个目标。有时候，你们成为朋友仅仅是因为你们有共同的朋友。有一些朋友你好久不见了，再次见到后立刻重续旧情；而另一些，你就得重新开始了，而且没有离婚这一说。我的意思是，你可以争吵，但那是另一回事。奥利弗就认为我们可以重续中断的友情——不，是从我们的友情中断**前**的某个时间点继续。而我呢，我倒想看看再说。

简而言之，我看到的就是这样。我请他喝酒，他说他要来杯"劈颅巨魔"啤酒。我说来点贝瀚文微醇啤酒如何，他便笑话我，说我是个书呆子，挺会卖弄幽默感的。"开个玩笑，斯图尔特，开个玩笑。"关键是，奥利弗不知道**真**有一种叫"劈颅巨魔"的啤酒。这种酒产自奥克尼群岛，有一种香醇的奶油味。有人说它有点像葡萄干风味的水果蛋糕，这就是我要点贝瀚文微醇啤酒的原因。但奥利弗不知道这一切，他也没有想到我知道这些，没有想到十年后我可能会比曾经懂得多那么一点点。

奥利弗：

那么，你觉得我这个大腹便便的朋友有什么价值吗？对上述问题，就像对其他许许多多这样的问题一样，人们可以走捷径，也可走斜路。但这一次你会突然发现奥利弗啪的一声掰掉弹簧底运动鞋的维可牢尼龙搭扣，连接起一视同仁的线头。请走斜路吧。我们并不在讨论上述的个人道德准则，而是在求取较为粗略的信息。斯图尔特是不是腰缠满贯？虽然我和他开怀畅饮，但是乖巧的我并没有一味地询问他逗留"财富之地"一事，不过我确实觉得，如果那流动资产就像威尼斯的涨潮一样在他的腿肚周围哗哗翻涌，那么，他也许——为了交换城邦——会像美第奇那样将一部分钞票汇拨给我。有时候，艺术家不会耻于扮演永恒的被救济者的角色。连接艺术与苦难的是一根金线，它能够将二者紧紧地联系在一起。新的一天，新的悲伤。

而且，我确实知道，在警官笔记本的世界里，在普金斯证人席，在《圣经》上面的那只粗糙的手中，在追求真理的勇士先生的世界中，斯图尔特并不是严格意义上的胖子。可以说，他那体廓表明体育馆内空气污浊，或者室内健身车令精神贫瘠。也许，他会一边晃动两根瓶状体操棒，一边跟着弗兰克·艾菲尔德的唱片反复变换着真假嗓音高歌。别问**我，我**嘴里喷出来的全是反话。

你可能注意到了，我也讲主观真理——与另一种真理相比，它更真实，更可靠——而按照那一标准，无论是过去、现在，甚至将来，斯图尔特都是那么壮硕。他的心灵很粗犷，他的原则很坚实，而我相信他的存款也很丰赡，可别被他现在所呈现出来的瘦弱外形所误导。

他确实跟我说了一件有趣的事，不过这可能和上面所说的没什么关系。他告诉我，猪也会患厌食症。你知道吗？

吉莉安：

我问奥利弗："斯图尔特问候我了吗？"

他显得有点茫然，正要回答，却又突然停住了，像是又一次陷入了困惑，半晌才说："我确定他问候过。"

"那你是怎么回答的？"

"你这是什么意思？"

"我的意思是，奥利弗，当斯图尔特问到我的时候，你肯定回答了什么吧。好，那你到底说了什么？"

"哦，平常的……事儿呗。"

我等待着，一般情况下，奥利弗是会解释的，但这次他又陷入了困惑。这就意味着，要么斯图尔特根本没有问候过我，要么奥利弗不记得自己说了什么，要么他记得，但他不想再说一遍了。

你觉得我那"平常的事儿"是什么呢？

第七章

晚餐

吉莉安：

当我说我们倒在床上却没有做爱，你一定明白那是个玩笑，对吗？我倒觉得我们同房的频率跟全国平均数差不多，甭管那是多少。也许也和你差不多吧。而有时候呢，就是国人一般搞的那一套。你肯定明白我的意思，你肯定自己就搞过。也许，等你听我说完，你就去搞了。

情况是这样的，我们不像从前那么频繁了（而在奥利弗生病期间，一次都没有），也越来越多地把时间定在每周固定的几个晚上——周五、周六、周日。哦，不，这听上去好像在吹嘘，其实是三天中的某一天，通常是周六——周五我累得要命，周日又在想周一了。所以，我们就选星期六。天气炎热时比较频繁一点儿，节假日次数也多一点儿。也不能排除色情片的影响，不过说实话，如今那种片子好像会起反作用。年轻些的时候，看到荧屏上的性交总能让我激情澎湃。现在我发觉自己坐在那儿思考，觉得并不是那样了——我说的不仅仅是对我，对其他任何一个人都是如此。因此呢，它不像春药那般有效。不过，它对奥利弗倒仍旧管用，而这就会惹麻烦。

你发觉自己在想，呃，我们总是可以推迟到其他时间嘛，又不是要赶时间，去什么地方。我认为，那欲望的时刻越来越……来去匆匆，不堪一击。你们在看电视节目的当儿，心里有点想上床，你频频换台，看了些垃圾节目，结果不出二十分钟，你俩都哈欠连连，这时那好时光便溜走了。或者呢，你们中有一位想看看书，而另一位则不想，于是他或她便躺在半暗半明中期待熄灯，这等待、这期望便化成隐隐的不满，那好时光也溜走了。就是这样。或者，几天过去了——反正比平时拖延的时间还要长——于是你发现时间同时是一把双刃剑。一方面你想念性，另一方面却开始将它遗忘。我们还是小孩子的时候，总觉得修道士和修女们暗地里肯定春情荡漾，饥渴难耐。如今我认为他们一点儿也不担心这事，我打赌他们中的大多数人早就没了性欲。

不过别误会，我喜欢做爱，奥利弗也一样。而且，我仍然很喜欢跟他做爱。他知道我喜欢什么和想要什么，性高潮不成问题。我们知道让我们俩都达到高潮的最佳途径。你可以说这几乎就是问题的一部分，如果真有问题的话。我的意思是，我们几乎总是用同样的方式做爱——同样的时长、同样的前戏（讨人厌的词）长度，同样的一个或数个姿势。而且，我们之所以那样做，是因为那样效果最好——经验告诉我们，我们最喜欢那样。于是它变成了一种专横，或是一项义务，或者别的什么。无论如何，不可能摆脱。婚姻性生活有一条铁律，如果你感兴趣的话——也许你不会感兴趣的——那就是，过了几年之后，婚姻就不允许你去做任何以前没做过的事情了。是的，我知道，我读过所有那些关于如何为性生活增趣的专栏文章，比如，叫他给你买特别的内衣，有时不妨来顿双人浪漫烛光晚餐，留出高质量的时间来共处，我对这一切忠告一笑置之，因为生活并非如此。至少，我的生活可不是那样的。高质量时间？总是又有一大堆衣服要洗。

我们的性生活……蛮和谐的。你明白我的意思么？是的，我看得出你是明白的，或许是再明白不过了。我们是伴侣，我们享受对方的陪伴，我们竭尽所能，互相照顾。我们的性生活……蛮和谐的。我相信有的事情要更糟糕，要糟糕得多。

我使你失去"性"趣了么？在你身旁的他或她已熄灯许久了。他们发出那种听上去像睡着了的呼吸声，但其实不然。你恐怕会说"我马上看完这段"。然后得到一声友好的哼哼作为回应，但接着你又继续读，比预想的更久。可现在已无关紧要了，对吗？因为我已经使你兴味索然。你一点儿都不想做爱了，对吗？

玛丽：

贾思特·斯图尔特和普鲁托猫来吃晚饭。

苏菲：

是"富贾土豪"。

玛丽：

普鲁托猫。

苏菲：

那是"富贾土豪"，有大把钞票的意思。

玛丽：

贾思特·斯图尔特和普鲁托猫来吃晚饭。

斯图尔特：

我邀请他们外出，但他们说请临时保姆麻烦得很。到达后，我算是松了口气，因为我一路开车穿过好几个非常陌生的街区。他们现在住的地方还称不上是个一流餐饮区，除了奥利弗以前称为"肉毒中毒外卖店"的餐厅之外，就再没什么了。

我几次三番在黑暗和暴雨中迷路，多么希望这座城市当初是以棋盘式的街道布局建造的。总之，最终我到达了他们在伦敦东北部的住所。可以用"鱼目混珠"来形容那地儿,估计房地产掮客会称它"很有前途",并希望不会因此而被起诉。你还在谈论这房屋或街区的"中产阶级化"吗?那是曾经的用语。不过我早就是圈外人了。看着奥利弗和吉莉安居住的那条街,我简直不敢确定是那一幢幢房子地位飙升,还是这些人一落千丈,或是截然相反?一幢安装了防盗报警器,另一幢用木板封住门窗;一栋装饰了马车灯,另一栋却供群租,其房东自战后起就没粉刷过它。那儿有几个废料桶,可是,不知怎的,显得颇为萧条。"中产阶级化"已不顶用,还有什么词语可形容这一景象呢?

他们住在一幢小排屋的下半部,拥有地下室和底楼的一部分。我走下台阶时,金属扶手一个劲儿地晃悠,门旁蓄着一摊积水。"37A"刷在砖墙上,我能辨认出那不是吉莉安的手笔。奥利弗应了门铃,接过我手中的瓶子,边端详边说:"太风趣了吧?"然后他开始念瓶后商标。"含有亚硫酸盐,"他引述道,"啧啧,斯图尔特,你的绿色环保证书呢?"

这可是个复杂的问题。我正想说,尽管理论上我支持有机葡萄酒,但实际操作起来却很复杂——事实上,我的确开始说了些类似的话——就在此时,吉莉安从厨房里走了出来。说实话,与其说那是个厨房,不如说是凹室或壁龛。她用一块茶巾在擦拭双手。奥利弗立马蹦来跳去,开始愚蠢地表演——"吉莉安,这是斯图尔特,斯图尔特,请允许我向你介绍……"云云——但我毫不理会他,我想她也没有理睬他。她看上去——她看上去像个地地道道的女人，如果你明白我的意思。我不是指成熟——不过也有这层意思；我也不是指年龄的增长，不过也有这层意思。不，她看上去像个地地道道的女人。我可以试着描述她，指出其不同之处，但那无法确切传达本意，因为我无法站在那儿——列数。我只是平常地看着她，再次跟她见面而已，如果你懂我的意思。

"你瘦了。"她说。她真善解人意，因为大多数人都以"你头发都白了"作为开场白。

"你可没瘦。"我有气无力地答道，但那是此刻我唯一能想到的话。

"哦，是啊，你瘦了，哦，不是，你没有。哦，是啊，你瘦了，哦，不是，你没有。"奥利弗用童话剧般的口吻说道。

吉莉安做了份美味可口的素食千层面。奥利弗打开我的酒瓶，称这酒"可一饮而尽"，然后对新大陆葡萄酒啧啧称道，说它们的品质在大大提升，仿佛我是个远道而来的美国人或是他生意场上的某个人。不过我没觉得奥利弗有做很多生意。

我们聊了些事情，但没有触及敏感话题。

"那么你准备在这儿待多久？"她在傍晚将尽时问道。她问的时候并没有注视我。

"哦，待一段时间吧，我想。"

"一段时间是多长？"这次她面带微笑，可依然没有看我。

"像一根绳子那么长。"奥利弗说。

"不，"我说，"你不懂。你看——我回来了。"

我能觉出，这句话对他们来说不啻一声惊雷。正当我开始解释时，门咔嗒响了一下，接着一张脸突然冲着我出现。它审视了我一番，说道："你的猫呢？"

吉莉安：

我以为这情景会有点难堪，我觉得斯图尔特会尴尬——他以往很容易就会尴尬。我以为我恐怕没法直视他的面庞。我知道我必须那样。我心里想：这是个疯狂的主意，为什么奥利弗一定要邀他来做客？为什么奥利弗非得提前三小时才告知我？

这并不难堪。唯一难堪之处在于，奥利弗瞎操心，想让我们心安理得，简直是多此一举。斯图尔特已经成熟多了。他比以前消瘦，灰白的头发似乎也和他很搭，但更重要的是，他更自如，更放松了。在当时的情景下，那倒是挺令人吃惊的。或许也没什么好吃惊的，毕竟，他出去闯荡了世界，开启了自己的人生，赚了些钱，而我们却还窝在这里，除了有了孩子之外，一如往常，甚至比以前还不堪呢。他完全可以摆出一副屈尊俯就的样子，但他丝毫没有。我只是觉得他对奥利弗稍稍有点不耐烦。不，这么说也不太对，那更像是在看一场滑稽表演，等待着这场演出在正经事务开始前就散场。我理应替奥利弗表示怨愤，可不知为何，我并没有这样。

然而，奥利弗愤愤不平了。当我发现自己（挺没必要的，因为那是我说的第一件事）反复告诉斯图尔特他变瘦了，奥利弗说:"你知不知道猪也会得厌食症?"当我白他一眼时,他补充道,"是斯图尔特告诉我的。"好像这句话能使事情有所改观。

但斯图尔特搪塞了过去,仅将它视作话题的自然转换。显然,猪是会得厌食症的,尤其是大母猪。它们亢进躁动,拒绝进食,体重骤减。那是怎么回事?我问。斯图尔特说其实他们并不知道,但那肯定是集约化养殖的结果。我们想要瘦猪肉,可是瘦猪更容易受到压力的影响。有这么一种说法:压力会诱发某些稀有基因,使得动物表现异常。难道那不恐怖吗?

"人肉(Long Pig)。"奥利弗说,好像这就是故事的包袱似的。

我已忘了斯图尔特是个多么细心的人。我不知道孩子们会怎样,因为……唉,好吧。我选定了通常的就寝时间,这样玛丽就会入睡了——理论上如此——但假如斯图尔特准时到达,苏菲就会有半个小时和他待在一起,当然,他是准时到达的。苏菲有个可怕的本领,那就是瞎提问。她跟人交往也直来直去的,一点儿都不害羞。所以,在礼节性的握手之后,她直勾勾地盯着斯图尔特的脸,说:"我们知道你很有钱,而且你准备资助爸爸的一些项目。"

你可以想象,我真不知该把目光搁哪里才好——除了看向奥利弗,而他在故意回避我的眼睛。一听到苏菲用了"我们"这个词,我内心一阵羞愧,而且十有八九脸也红了。就在这时,斯图尔特不慌不忙地说:"恐怕比那要复杂些。你瞧,所有申请都得经董事会表决。我手头只有一票而已。"

我暗暗思忖：谢谢你，斯图尔特，你说得真好，谢谢你那样回答。此时苏菲又发话了："你不过是在搪塞我们。"她换上一副严厉的面孔。

斯图尔特哈哈大笑："不，我可没在搪塞你。你看，总得有个章法吧。做慈善固然很好，但也得顾及公平呀。没有章法就不可能有公平。不是吗？"

苏菲似乎半信半疑："也许你说得对？"

她去睡觉的时候，我说："多谢。"

"喔，哪里。不用谢。如果需要的话，我就可以打官腔，那对我来说小菜一碟。"

就这样，他让这事过去了。奥利弗对付苏菲的质问如同应付小孩的幻想，虽然我们都知道，那当然并不是小孩的幻想。

过了一会儿，门开了几英寸的缝，玛丽探进头来，低声细语些什么。斯图尔特正在聊天，他打住话头，向她使劲递了一个眼色。他这样做不过是为了装装样子。我并不认为他觉察到我已注意到了。

他明显混得不错。他自己倒没谈及这点，只是他言谈举止中透着这样的信息。而且他穿着也更潇洒了，我觉得那是他妻子的功劳。我没有问及她，我们避开了关于她的话题，正如我们回避其他雷区一样。

我把千层面烧煳了。我闷闷不乐。

奥利弗：

马戏团导演的又一场胜利。我的鞭子轻轻一抽，狮面兽疥癣和亮圆片点缀的半边屁股轻快地奔向频闪灯造成的幻象。背景音乐是埃里克·萨蒂的《游行》。在我的记忆中，它的乐谱中包含了表现马戏鞭和打字机的部分，恰好是应该缠绕在奥利弗未来盾徽上的图形。

万事顺利。我并不奢求拥有大预言家诺查丹玛斯的先见之明，可以猜测到斯图尔特会带着他可以被送去住院的破伤风症和复活节岛雕像般松弛的肌肉而来，但是，通过赞美他如此豪爽地为我们的会面提供的葡萄酒，我使他心情舒畅。那是塔斯马尼亚黑比诺葡萄酒，你相信吗？！吉莉安紧张得不得了，把意面都烧煳了。孩子们表现得好极了，她们俩都是地地道道的小淑女。斯图尔特好像对这个社区是否在经历中产阶级化而忧心忡忡，他说"中产阶级化"这个词的时候就像拿着火钳夹它一样。你知道那说明什么吗？十有八九是焦虑，唯恐某个本地的切·格瓦拉式分子趁他狂喝痛饮、大快朵颐之时，卸掉了他宝马车的引擎盖。

一想到斯图尔特拥有一辆宝马车，真有点该死的雷人，不是吗？在某个风雨交加的夜晚，当我跟他挥手作别时，该死的，我果然被雷到了，那个夜晚与目睹圣马可遗体回归威尼斯之夜一样凄风苦雨——如果我们相信丁托列托的《圣马可的奇迹》。街灯可怜巴巴地闪烁，而沥青碎石路面像埃塞俄比亚人洗净的侧腹那样发出微光。当他驾着四驱汽车飘忽着远去时，我喃喃道：

"再会，哦，雨战大师舒马赫。"马戏团导演和雨战大师狭路相逢——我多么希望我早就能这样灵感闪现。

我不得不承认——尽管我是多么不愿意——斯图尔特克一旦服了他最初的社交创伤，就好像悠游自在了。如果你真心想知道，他有时就这样，十分令人作呕。他两次打断了我说话，这在路易国王的好时代是绝不会发生的。你认为是什么引发了我的手足挚友的这种基因改变？

是的，一切像游泳般顺畅，考虑到大多数人是怎么游泳的，用这个词来描述社交活动真是稀奇古怪。

斯图尔特：

哦，是的，我问他们吃素多久了。

"我们不吃素，"吉莉安说，"从不吃素。我是说，我们就喜欢吃得健康些。"她的声音越来越轻，然后补充道，"我们以为你吃素呢。"

"吃素？我？"我摇了摇头。

"奥利弗。你总是词不达意。"她说得既不刻薄，也不挖苦，不过也并非深情款款。她是用一种无可奈何的口吻说的，好像事已至此，将来也会这样，而且一切得由她来善后。

她**有**长胖一点儿，不是吗？可为什么不呢？丰满一点儿挺好的。我不喜欢如今女人们后颈上剪得短短的头发。而且，我从没觉得黄色是属于她的颜色。不过，这可不关我的事，不是吗？

奥利弗：

斯图尔特无意中确实为受了恩惠而报了恩，也就是说，他用粗哑的嗓音准确地哼唱了一句佩尔戈莱西所作的弗兰克·艾菲尔德的歌曲。他没完没了地瞎侃"对我们所知的宇宙的威胁"，换句话说，胡扯什么生物多样性将寿终正寝，黑色高翻领毛衣里的转基因将长驱直入，侵入迄今仍受庇护的自然城堡的领地，羞怯的燕雀将被打得哑口无声，而光滑的茄子失去光泽，我们一个个将生出驼背，变作布勒哲尔笔下的乡下丑八怪——如果备选项是和斯图尔特一族的，那倒是件不赖的事儿——还有转基因生物如何等同于弗兰肯斯坦创造的怪物。就在这时，我真想切换成假声，飙出一声高音，震碎屋内所有的水晶制品，因为关乎这怪物的**关键**在于，他是个货真价实的贴心人，而且绝对人畜无害，只是很不幸地偏偏代表了人类那么多不值一文的恐惧之一——然而，斯图尔特却一如既往地招人讨厌。正如某位智者所言，就像堆满动力钻的工厂一样招人讨厌——大谈特谈GM[1]——你难道不恨首字母缩略词吗？我正要问：一、通用汽车公司和这问题有什么关系；二、斯图尔特经营的无公害蔬果的成功，是否真的明确依赖于我们对于邪恶基因的恐惧？而且，假如我们消除这一忧惧，所谓的胡萝卜百货大厦难道就不会以U型回旋下坠？这时他蹦出一句话来，听着就像催眠师打了个响指。

1　GM：既是Genetic/Gene Modification（基因改造）也是General Motors（通用汽车公司）的首字母缩略词。

"你刚才说什么?"

自然地,他把先前说过的话通通告诉了我,就像淘金人疯狂地展示他的石英。最后,他颤颤巍巍的指尖亮起了那真正的光芒。

"意外效应定律。"

他解释说,这项原理也许会适用,前提条件是,比方说,那些弗兰肯斯坦化的作物到头来连食草动物都难以下咽了,如此等等。可是他把我说糊涂了,我是彻底地迷惘了。

意外效应定律,那听上去难道不是不像某只羞怯而洁白无瑕的栅莺的啭鸣,而像一曲由人类、自然和全能上帝共奏的宏伟合唱?(我把全能上帝作为隐喻使用,你懂的。可以按照个人趣味用托尔、宙斯或者小约翰尼·夸克替代。)它难道不过是用氖书写的一句术语?把它挂在那儿,与"话语成就肉身""世事不可强求""假如你寻找他的纪念碑,请环视周围"[1]"骑士,奋勇向前"[2]"我们事业未竟"以及"他用颤抖的双手解开她的胸罩"交相争辉。意外效应定律,它都解释了我的人生,难道还没有解释你的吗?什么样的玄学家、什么样的道德家能阐述得更精辟呢?

别误解我。如果你不那么偏向奥利弗——我怀疑你有偏

---

1 "假如……"一句:Si monumentum requires, circumspice. 伦敦的圣保罗大教堂历时35年建成。其建筑师克里斯托弗·雷恩去世后被安葬于该教堂唱诗班席位之下的地穴内。教堂门口建有墓碑,用拉丁文刻有上述文字。
2 "骑士……"一句:取自爱尔兰诗人叶芝的诗句Cast a cold eye, /On life, on death./ Horseman, pass by! 此三行诗也镌刻在其墓碑上。

心——你也许会以为在某种程度上我信奉这一光辉原则是无可厚非的。仿佛我是在利用它来诉苦：不是我的错，先生。恰恰相反——暂且抛开现状不论——我把它视为人生悲剧性的真切表达。那些神明已死，而小约翰尼·夸克不过是我书中创造出来的穿灰西装的斯图尔特，但是，**意外效应定律**，如今它是如此恢宏，如此深奥，它教导我们意图与行为、目的与结果之间的鸿沟是何等巨大，我们的奋斗是多么徒劳，我们的堕落是那么猝然。我们一个个都迷失了，难道不是吗？那些懵懵懂懂的人更加迷惘。那些深谙其理者找到了出路，只是由于他们攥住了完完全全的迷惘。于夸克之年，奥利弗如是说。

吉莉安：

当然，你不必成婚就可以与性爱结缘，但我觉得那是两头遭殃。对不起，我无意让你扫兴。也许，那正是你将要经历的呢。

第八章

铁石心肠

斯图尔特：

"你是怎么找到我的电话号码的？""哦，在黄页里找到的。"最近，我的脑海里好像经常有这样的对话，这是怎么回事？先是奥利弗，再是艾莉。我是说，我知道英国某些方面跟不上发展的潮流了，但我以前还是很少用先进的信息检索系统的，不是吗？

是我不在国内太久了？也许是吧。就像当初我走进那家拉德布罗克街旁的古玩店，说我想要一幅小而脏的画时。那个女人怪怪地看着我，当然这完全可以理解。不，不，我解释道，我想要一幅小而"需要清洁"的画。闻此，她向我投来更加古怪的眼神。也许她以为我觉得这样的画会便宜些。不管怎么说，她给我看了三四幅，并说："恐怕这幅有点小破损。""哦，没事。"

我说，并拍板要了它。显然她期望我做一番解释。但随着年岁增长，我悟到了一件事：如果你不想解释，就没必要解释。

这和艾莉拿起它的时候一样。她看了看公寓，但我没有解释。我告诉她我名叫亨德森，我也没有解释。我给她看这幅画，我也没有解释。或者确切地说，我解释说我不想跟她解释。"我想那简直是垃圾，"我说，"我不懂画画。但出于某个特殊的原因我需要找人把它弄干净。"

她问我能否将它从画框里取出来。从那一刻起我才开始正视她。当初她来的时候，看上去就像我在国外时英国涌现出来的千万黑衣少女之一。黑色毛衣、黑色长裤、方头高跟鞋、黑色小背包，头发染成自然界没有的那种黑色。起码在英国没有。

随后她从背包里取出工具箱，虽然她在做一件并不复杂的事，一件我也可以做的事——剪裁衬板，松开钉针，等等——但她做事情那么聚精会神，手指用得那么灵巧、娴熟。我一向认为，如果你想更好地了解一个人，就不应该把他带到某个烛光晚宴上，而应该考察他工作时的情形。在他全神贯注，而不是把焦点放在你身上的时候，才是观察的最好时机。你明白我的意思吗？

过了一会儿，我向她问了一些想好的问题。很明显她非常羡慕吉莉安。

我发现自己在暗暗思忖：我很高兴你的指甲不是黑的。事实上，它们有着厚厚的、闪亮而透明的涂层，就像是油上的釉，我猜想。

奥利弗：

又是一个酒吧之夜。思索汝等酒馆的演变史，回首往昔，陈年积雪还未消融，皇家海军舰队乘风破浪，白底海军旗高高飘扬；硬币拿在手里感觉沉甸甸的，皇室风流韵事令人着迷；威斯特敏斯特乃至高无上的立法者，那过去美好的英国苹果中有过去美好的英国虫子——其时，酒吧还只是酒吧。看，虎背熊腰的车夫把当地酿的麦芽酒运给瘦成鸡排的酒馆老板，酒馆老板先兑水，然后再把人们的酒瘾一一勾出来。这当中有乳臭未干的半大小子，有嘴角流涎的白痴，有把家用挥霍殆尽的大手大脚的丈夫。胸前挂着勋章绶带的断腿老兵跨坐在自己最喜爱的凳子上，口齿含混不清的老头儿在远远的角落把骨牌玩得噼啪作响。常客们的锡制酒杯挂在吧台的钉子上，一条臭烘烘的拉布拉多犬懒洋洋地伏在毕剥作响的炉火前，等一下——除非油头滑脑的征兵军官往你的淡啤和苦啤酒里丢进一枚发给新兵蛋子的先令——在这充满阳刚之气的飞地，一切都是心平气和、通情达理。

倒不是我把这样的地方弄得艳俗不堪，你懂的。雄性荷尔蒙刺激下公然蹭来蹭去的自慰，麦芽啤酒推杯换盏中令人潸然泪下的聚首——此皆非我奥利弗所爱。然而，在某一无疑可以辨认的时刻，酒馆里迎来了体面可敬、将酒一仰而尽的女酒客；相当不错的食物；引出诸多欢声笑语的葡萄酒、酒吧游戏、酒吧滑稽演员、酒吧脱衣舞娘；可以在酒吧里观看体育节目的屏幕、上好的葡萄酒、菜谱上的食物，还有成堆废弃的橡木家具——所有这一切，按照你们喜欢的斯图尔特的标准，不管把这叫作绅士化还是基因改良，都没有让奥利弗反感。窝在舒服的酒吧里的符号学家们会不失时机地提议将酒吧视为较为广泛的社会趋势的象征。正如威斯特敏斯特的总督最近提醒的，我们都是中产阶级。那么，欢迎，噢，汝等游人，来到大比利时、大荷兰。

专心点，奥利弗，专心点。焦点是酒吧，如果你愿意。这地点、目的、人员。

啊哈，那良心发出的声音，那节奏，那措辞，与吉莉安的何其相似。这就是男人们的行径？有很多理论涉及男人结婚的目的：他们的命运女神、他们的母亲、他们活生生的幽灵、他们妻子的钱财——但以下观点你觉得如何：他们真正追求的是他们的良心。天晓得，既然大多数男人没法把它定位在传统的位置，某个靠近心脏和脾的地方，那么为何不将它作为一个配件——比如茶色天窗或金属辐条方向盘——而获得呢？或者，难道是另外一种情况：它不是男人真正追求的，而是为结婚而结婚的婚姻把女人变成了那样？要是那样就太庸俗了，更不用说太可悲了。

别分神，奥利弗。很好，我们正置身于某个奢华的酒馆，类似里兹酒店那样的啤酒店——备受斯图尔特喜欢。填上一个你自己选的可爱而最好押头韵的标题。我们在喝酒——啊，不论你想让我们喝什么。而斯图尔特——这部分我记得很清楚——可真够朋友。或者，可以这么说吧，装出一副朋友的派头。斯图尔特，在结束他的夸夸其谈之前，少不了高谈阔论、自吹自擂。但是他表达的意思，据我的理解，有种美国北方佬的直率：我已经功成名就，因此汝亦能成。怎能这样，啊，这二流的宇宙主宰，我问道，脑袋耷拉在两只前爪上，就像老照片上的那条酒吧里的拉布拉多犬。我觉得他心里装着某项业务计划或营救策略。我隐晦地暗示我可以靠注入现金得救——我正要把自己比作一位瘾君子，但在这样一个毫无想象力的人面前，我突然悬崖勒马，反而更加审慎地提出，我需要资金投入，就像糖尿病人需要胰岛素一样。当着吉莉安的面，斯图尔特向我发誓守口如瓶；真的，我们兴许拿出了瑞士军刀，割破拇指发誓我们是歃血为盟的兄弟。

"那么，"当我们把酒壶放回上面有智力竞答题的啤酒垫上时我说，"铁石心肠？覆'血'难收？"

"我不懂你在说什么。"他回答。

那么，好吧。

怀亚特夫人：

斯图尔特问我什么是柔软的情感，我说我不知道他在说什么。他回答说："所有人都在说**铁石心肠**，怀亚特夫人，所以我在想什么是柔软的心肠。"我告诉他我已经在这里住了三十或者三十多年——也许还不止呢——但我肯定还是搞不懂这门疯狂的

081

语言。或者，就此而言，这疯狂的英语。

"哦，我觉得你懂的，怀亚特夫人，我觉得你太懂我们了。"他还朝我挤了下眼睛。起初我以为他得了神经抽搐症，但显然不是。这可不是我过去记忆里斯图尔特的典型所为。

不过，话说回来，斯图尔特是变了许多。他看上去——不知你是否懂我的意思——像是一个已把一切烦恼置于脑后，就为了热情地拥抱新烦恼的人。他比以前瘦了，也不那么急于去取悦别人了。不，也不全对。不过，男人有不同的方式去取悦别人，至少是试图取悦别人。有的人找到了取悦他人的途径，然后就付诸行动，而另一些人只做自己期望做的事，满怀信心地认为自己决定要做的事无论如何一定会让人满意。斯图尔特已从第一类转入了第二类。譬如，他构想了一个所谓的"奥利弗和吉莉安救援包计划"。我觉得奥利弗和吉莉安并没有要他去拯救他们，难道不是这么回事吗？所以，也许他现在的所作所为是很危险的。对他，而不是对他们。一个人很少会因为慷慨而得到宽恕。

斯图尔特在我告诉他这些时甚至没有做做样子，装作在注意听我讲。相反，他问我："你知道'覆"血"难收'这个成语吗？"

我怎么突然之间变成了英语专家？我跟他说，这听起来像是一记老拳打到了鼻子上。

"一般是'一针见血'，怀亚特夫人。"他回答说。

艾莉：

从事这份工作要遇到的人，一般情况下，你是绝对不会遇到他们的。比如，我只是一个23岁的画作修复师，兜里的钱刚够支付房租和填饱肚子，而他们很富裕，拥有需要修复的画作。虽然他们彬彬有礼，但对绘画一无所知，他们很多人都是这样。关于绘画，我比他们懂得多了去了，我更能欣赏它们，但他们才是画作的主人。

就拿这幅画的拥有者来说吧。看，我给你把灯光调得亮一些。是的，你说对了。19世纪中叶的公园围栏。他坦承，某种程度上，它是垃圾。要是我是吉莉安，我可能会说不，它不仅仅是垃圾，它是彻头彻尾的垃圾。但因为我不是吉莉安，我只是说自己绝不和客户争论。他只是笑了笑，没有继续解释。我猜想这画有可能是什么人留给他的，也许是一位双目失明的姑妈吧。

对于是怎么找到我的，他也是这个态度——没做实质性的解释。他说他是在电话簿里找到我的。我向他指出我没列在黄页里，他又改口说是有人向他推荐了我——谁？哎呀，他记不起来了——他不知道号码，等等。他一会儿神秘兮兮的，一会儿又好像真的一目了然。

他住在圣约翰林街这幢没有一点儿装饰的、光秃秃的公寓里。你看不出他是刚刚搬进来还是正要搬出去。公寓采光极差，蕾丝窗帘很难看，墙上什么东西都没有——我的意思是一无所有。也许他突然注意到了这点，然后出去买了这幅画。

另一方面，他对商业方面的事情倒是很感兴趣，问了我很多有关价格、租金、材料、工艺的问题。不知怎的，他知道该问什么，不该问什么。他问我们的工作来源，问工作室需要什么。他说不管是谁推荐的我，都对我的"搭档"赞不绝口。老板呗。于是我聊了些吉莉安的事。

"我的意思是，她十有八九会告诉你，它连这幅画的画布的钱都不值。"某一时刻，我说。

"那么，这正是我找你而不是找她的原因，不是吗？"

他兴许是个美国人，不带口音的美国人。

奥利弗：

意外效应定律。你看，当我爱上吉莉安时，我绝没想到我们的一见钟情竟会把斯图尔特流放到新金色大地，还把他变成了蔬菜贩子。我所知甚少——我甚至没想到会有这种意外事件定律。然后——快进十年——我们才有了普桑的《流放者的归来》般的主题。友谊失而复得，又是一场愉悦的快乐三人行。失却的拼图找到了。我真想把斯图尔特比作浪子，可是，妈的，一年到头天天都是某个人的圣徒节，所以，为了圣斯图尔特，举起你的酒杯，为我们的这位回头的浪子干杯。

圣斯图尔特。不好意思，我忍不住笑出声来。忧伤的圣母站立着，圣布莱恩、圣温迪和圣斯图尔特簇拥在祭坛下。

吉莉安：

你喜欢老妈，不是吗？你也许认为她是——怎么说——一个精明的老婆子，一个性情中人。你可能跟她有些眉来眼去，我一点儿也不吃惊。奥利弗和斯图尔特这两人过去经常这么干，只是他们的方式不同而已。我打赌她一直在和你眉来眼去，不管你年龄大小，是男是女。她就是那样。到现在她已经动动小指头就把你玩得团团转了吧？

没什么，我可没嫉妒。有一次我倒差点吃醋。母亲和女儿——你知道怎么回事。然后，母亲和没了父亲的女儿——你知道那是怎么回事吗？十几岁的女儿会怎么想母亲的……一个个追求者，姑且这么称呼他们吧，母亲又怎么看待女儿的男友们。那是我们母女俩都不愿回首的一段时光。她认为我年纪还小，不能和人上床，而我认为她一大把岁数了，也不能行苟且之事。我跟几个一脸猥琐的男孩出去，她与怀疑她藏了几百万法郎的高尔夫俱乐部中流砥柱们幽会。她不想我怀孕，搞大肚子，我则不希望她遭人羞辱，丢人现眼。总之，我们就是那么说的。我们的感受有点不一样，没那么美好。

但现在一切都结束了。我们永远都不会像你在杂志上看到的那些令人作呕的母女一样，没完没了地唠叨她们如何成为彼此最要好的朋友。不过我要告诉你我钦佩老妈什么。她从来不曾可怜自己——或者，即使有，她也不承认。她有自己的自尊。她的人生并不事事如意，但她就是这么过日子。这听上去不是什么人生道理，对吗？不过，那就是她给我的教诲。在我成长的过程中，她总是给我这样那样的忠告，可我从来都不听，而我唯一真正学会的道理她却没有想教我。

于是我也得过且过。就像当时……瞧，也许我不应该告诉你这件事，奥利弗会很不喜欢，他或许会认为这是背叛行为。一两年前，奥利弗患上了——怎么说呢——疾病、忧郁症，或是"有了段小插曲"？这些词语当时似乎根本无法表达其意，现在依然不能。他有没有跟你谈起这件事？没，我想没有，奥利弗也有他的自尊心。但我记得——历历在目——有一天我早早回家，他仍然侧身躺在我离开时他待的地方，枕头捂在脑袋上，因此我只能看到凸显的鼻子和下巴。我坐到床上时，他感觉到了我的体重，却没有任何反应。我说——当我吐出那一个个字眼时，它们在我嘴里仿佛很绝望——"怎么了，奥利弗？"

他回答说，不是他平时开玩笑、耍宝的语调，而是单刀直入，就好像他在努力回答我的问题："无以言表的悲哀。"

你认为这是部分缘由吗？我的意思是，无以言表？如果忧郁是话语迸发的源头，那么无以言表必定会使你的困境、你的孤立更加无法忍受。于是你勇敢地说"哦，我有点沮丧"或者"我感到难过"。但这样的话会让事情变得更糟，而不是更好。我的意思是，我们在某一时刻都曾处于那种境地，抑或差不多处于那种境地，不是吗？奥利弗能说会道——到时你就会注意到——可他偏偏发现很多事无以言表……

之后他又说了些别的话，我也都记得。他说："至少我不是没出娘胎的孩子。"这也没有答案，因为仿佛奥利弗在说："和你一样，我对这一切陈词滥调了如指掌。"不管奥利弗是还是不是什么，他是个聪明人，而一个洞悉自己忧郁的人实在让人不忍袖手旁观。因为，你隐隐感觉是他的聪明促其深陷忧郁之中，却无法助其摆脱忧郁。他不愿去看任何医生，他称他们为"猜来猜去的人"。实际上，对于自己不赞同的专家，他一概都会送上这一称号。

由于害怕它会卷土重来，我把所有事情安排得有条不紊。我得过且过。我是个活泼小姐，如今是活泼太太。我觉得——我希望——如果我把生活料理得妥妥帖帖，那么奥利弗就可以住在宽敞的大宅里，不受伤害。有一次，我试着向他解释，他说："哦，你的意思是像在一个精神病院的软壁囚室里？"这就是我为什么不再多做解释的原因。我就这样得过且过吧。

奥利弗：

抱歉，我突然感到一阵恐慌。没什么严重的，只是有个念头：可能真的有一位圣斯图尔特。咱们不妨想象一下他作为圣徒的生平——小亚细亚外省一个老实巴交的士兵的遗孀的老好人儿子。当别的少年忙着抻扯自己的包皮，让它弹性十足时，年轻的斯图尔特斯更喜欢把干豆角穿到一根绳上。他长大后成为了士麦那城的一个年少老成、平庸闷骚的收税员，他那迂腐的簿记揭露出一起早期的罗马诈骗案。外省总督副官把他的爪子伸进粮仓,地方长官的遮掩不幸招致士麦那的斯图尔特被处以死刑,莫须有的罪名是在神殿里往神像上吐口水、拉大便。当地蛊惑人心的基督徒趁机宣告他是一位殉道者——圣斯图尔特应运而生!意外效应定律再次大显神威。斋日:4月1日。原生态蔬菜的恩主和保护神。

我紧赶慢赶去看《圣徒辞典》。我翻动书页时,倒吸一大口气。高柱修士圣西门、圣斯普利顿、圣斯蒂芬(多得不得了)、圣……斯德姆、圣叙尔皮斯、圣苏珊……噢吼!啊,令人开心的空白,只有比较接近的名字。

如果你愿意,你可以称我为一个自以为很懂名字的人。叫我奥利弗。罗兰的最佳副手。龙塞斯瓦耶斯之战。撒拉逊人的送别。兄弟之间的悲惨反目。短语:让罗兰和奥利弗交手。于是,交战中,威猛有力的锤击你来我往。啊,神话和传说的时代。查理曼大帝、骑士精神、高耸入云的比利牛斯山关口、欧洲的未来、基督教国家的未来处在危急关头,后卫军的英勇抵抗、战场上扣人心弦的号角声、人生的意义,无论多么无关紧要,无论投圆片游戏柜台价值多少,但是轻轻一弹都被卷进了更大力量的冲突之中。当棋盘上有马,有象,有王,当小卒梦想成为王后,当黑子白子对阵,做个小卒确实是件了不起的事,上帝在上。

你明白我们失去了什么吗?如今只看得见小卒,当年战斗的双方都披上了灰色,已界限不明。现在奥利弗有个哥们儿叫斯图尔特,他们的争吵声并没有久久回荡。"他用斯图尔特换来了奥利弗。"哦,亲爱的,隔着八丈远就用手提包攻击人了。

另一方面,你认为好莱坞准备好拍摄《罗兰之歌》了吗?终极铁哥们儿电影,动作、美景、大冒险和佳丽之爱。布鲁斯·威利斯扮演头发花白的罗兰,梅尔·吉布森扮演杜撰的奥利弗。

抱歉,我又忍不住笑出声来。梅尔·吉布森演奥利弗,你可**得**原谅我哟。

吉莉安:

奥利弗说:"你认为艾莉会适合吗?"

"适合什么?"

"当然是斯图尔特。"

"斯图尔特?"

"怎么不适合?他没长得那么难看吧。"我就那么瞪着他,"也许我们可以把他们两个都叫过来。菠菜茸烩羊肉、巴尔蒂干锅大虾,大快朵颐。"

要知道,奥利弗不怎么喜欢印度菜。

"奥利弗,这主意很可笑。"

"那把这两个合在一起怎么样?菠菜茸烩大虾,两全其美。不行?咖喱嫩羔羊肉?青豆嫩鸡仔?"

你看,比起这些东西本身,他更喜欢这些词。我猜那刚开了个头。

"印式薯仔椰菜花？塔尔卡小扁豆？"

"他年龄是她两倍，而且已婚。"

"不，他没有。"

"艾莉23岁……"

"他和我们同龄。"

"好吧，严格意义上……"

"细想一下，"奥利弗说，"每过一年，他就越不是她年龄的两倍。"

"他已婚了。"

"没有。"

"你告诉我……"

"没有。他结过，但现在单身，是个自由人。不过，正如哲学家们用不同证据反复论证的那样，并非谁都是真正的自由人或者可以成为自由人的。"

"这么说他没美国老婆？"

"已经没了。你觉得怎么样？"

"我觉得怎么样？奥利弗，我觉得，就像（现如今，我发现自己在刻意避开某些词语，比如，傻呵呵、疯癫、痴狂等等）……就像我以前那样**不切实际**。"

"呃，我们得给他找个什么人。"

"我们给他找？为什么，他要求了吗？"

奥利弗噘了噘嘴。"他会为我们办事情。我们也该为他做点事。咱们积极主动点儿嘛。"

"就像奉上我的助手？"

"蔬菜桑巴？航空奶酪？"

斯图尔特：

覆"血"难收。老好人怀亚特夫人说，就像你一拳打到人家的鼻子上。或者，准确地说，就像我一头撞倒奥利弗。

你注意到怀亚特夫人的某些情况了吗？她的英语好像更烂了。我敢肯定这不是我的凭空瞎想。她已经在这儿住了整整十个年头了，她的英语没有长进，也没有原地踏步，而是更糟了。这要归因于什么呢？也许，随着年龄增大，你开始遗忘成年时学到的知识；也许，最终你只能拥有孩提时所拥有的东西。不管哪种情况，她到头来只得说法语了。

吉莉安：

不切实际——多么……务实的一个词儿。几年前，我被他深深吸引。我是真的喜欢……这个人。我看得出来我们情意相通。我曾设想，要是他问我，自己会怎么说。我知道我会说："恐怕不切实际。"我无法忍受听到自己这样说。所以，我要确保自己绝不让他找到机会问我。

你觉得斯图尔特为何没告诉我他已经是单身了？他当然有这个机会的。

我能想到的唯一理由是：他太难为情了。下一个问题：今时今日，不管有多失败，没人会说三道四，有什么觉得难为情的？我能想到的唯一答案是：要是斯图尔特第二场婚姻的破裂让他想起了第一场婚姻是如何破裂的，会怎样？这真是个糟糕的念头，非常糟糕。我不能去问他，能吗？应该是他来告诉我。

泰里：

这是一些石蟹，我估计你们国家不产这个。它们的特别之处在于这一只蟹钳会长得很大，就只是这一只——我的意思是，另外一只大小正常。这只大螯才是美味所在，所以捕蟹人只把这个蟹钳扯下来，其余部分全都扔回水里。你知道这只螃蟹会怎样吗？它又从头开始长出另一只大蟹钳。人们就是这么说的，所以我想那肯定是真的。也许你以为螃蟹会深受重创，就这么沉到水里，然后一命呜呼。啊哦，它们就这么一直长呀长，扯了再长，仿佛胳膊被撕扯下来这件事从未发生过似的。

正如我的朋友玛塞尔所言：这是否令你想到什么？

第九章
美味咖喱，随点随到

泰里：

把照片拿出来看一下。叫他把照片拿出来看一下。

怀亚特夫人：

当然，我不是心理学家或精神病学家，仅仅是一个审视了多年人生的女人，希望你能够判别。在我看来，人类根深蒂固的一大特性，就是会大惊小怪。希特勒入侵法国——惊讶！总统被暗杀——惊讶！婚姻不能走到最后——惊讶！冬天下雪——惊讶！

与之相对的才令人惊讶。奥利弗没有崩溃，那才出人意料呢。奥利弗并不是一个刚强的人，他喜怒无常，坦率地讲，他骨子里并不开心。噢，当然，他说他蛮开心的，看上去对自己很满意、很知足，但我一向觉得他暗暗地憎恶自己。他之所以表面上叽叽喳喳，是因为害怕内心的死寂。我女儿说，事业成功可以让奥利弗变得好一些，此话不假。但在我看来，他成功的可能性微乎其微。他所谓的事业简直是一场灾难。唉，也许并非如此，灾难不也昭示着有初步成功的可能吗？况且我们不能因此责难他。他或多或少以吉莉安为生，这绝不是一个男人过的生活。哦，是的，我知道现代有种种理论，说什么这是个好主意，什么工作分工啦、机动灵活啦，等等。但是，现代理论只有在其适用对象的心理也是现代的条件下才行得通呀，不知你是否听得懂。

他对吉莉安忠诚吗？如果你知道答案，请不要告诉我。当然我希望他是忠诚的，但不是你想的那样：因为她是我女儿，所以不忠是不对的。不，我觉得那样对奥利弗不好。许多为人之夫者——以及为人之妻者——因偷情而快活，因通奸而更能忍受他们的生活。是谁说过婚姻的枷锁是如此沉重，有时需要由三个人共同承担？但在我看来，奥利弗并不像那样。我说的不是愧疚，而是自我憎恨，那完全是两码事。

父亲去世后奥利弗精神崩溃了，对此人们深感惊讶。他们说，奥利弗是多么憎恶他父亲啊，为什么父亲的死没有让他摆脱憎恨，使他开心起来呢？呃，你觉得会有多少原因呢？要不我们先说四个吧？第一，双亲中第二个的去世往往会唤醒孩子第一次失去至亲时的记忆。奥利弗母亲去世时，他才6岁，而如今隔了这么久，又得第二次承受丧亲之痛。第二，从许多方面来讲，双亲中你爱的那位的离世要比你恨的，或者漠不关心的那位的离世更平淡。爱、丧失、哀悼、追忆——我们都知道这一套路。然而，当事情不是这么回事，当你不爱这位父亲或母亲时，又是什么套路呢？淡然遗忘？我不以为然。不妨想象像奥利弗这样的情形：他意识到，在他的整个成年期，甚至在成年前的许多年，他都过着不知爱父母是怎么一回事的生活。你会说这并不那么异乎寻常、稀奇罕见，而我会说这并不会让此事更简单。

第三，如果奥利弗真的憎恨他父亲——我觉得这是夸大其词，毫无疑问，他对父亲有强烈的敌对情绪，不过，如果你愿意，我们就姑且称之为憎恨吧——如果这种情绪贯穿他的整个成年阶段，那么，也许在某种程度上，它对他来说已成为必不可少的了。正如某些人靠愤怒或嘲讽支撑生活，也许他是靠这一敌对情绪支撑下来的。因此，当这份情绪被剥夺以后，你会怎么办？当然，你会继续憎恨这个死了的人，但是你隐隐知道这是无理取闹，甚至有点疯狂。第四，你需要面对"沉默"这一问题。你父母已双亡，接下来死神要来迎接你了，你孤苦伶仃，全得靠自己了——即使你有你的家庭、你的朋友。此时你该是个成年人，该长大了。你终于自由了，你只为自己负责。你看着自己，亲切地端详他，终于无须畏惧你父母的所言所思了。如果你不喜欢自己的所见，那又如何？此时此刻，有一种新的沉默——外在的沉默，它与内心的沉默一样浩荡。你——脆弱无比的你——将这两股浩荡的沉默分开。你知道，当它们相遇时，你将不复存在。你的肌肤，你那纤薄而孔隙连连的肌肤，竭力将它们分开。你怎么可能不会变得疯狂?

不,这一点儿都不让我惊讶。

艾莉:

猜猜吉莉安和奥利弗想把我跟谁撮合在一起?或者说,谁也来吃晚餐了?墙上没挂画作的神秘先生,又名亨德森先生。这个灰发男人站在那儿,然后快步向我走来,与我握了握手,就好像我们以前从未碰过面似的。他的眼神仿佛在说,咱们保守秘密,于是我就顺了他的意。我坐在那儿,心里觉得越来越怪异,因为——你猜怎么回事——原来他是他们的一位老朋友。

那么,这有什么好搞神秘的?如果他想要个画作修复师,为何不直接找吉莉安呢?

尽管如此,他倒是蛮有趣的。他讲的都是货真价实的东西,不知你是否明白我的意思。而奥利弗一个劲儿地在讲无聊的笑话。此外还有什么新奇的呢?我感觉斯图尔特的某些事真的惹毛了他。呃,好吧。

斯图尔特:

相较于以往,我书读得更多了。读的是非虚构类作品,历史、科学、传记都有涉猎。我喜欢知道人家告诉我的东西都是真的。如果有一部大家都在谈论的小说,偶尔我也会读一下。但是,对我来说,故事还不够接近生活。小说中,某人喜结良缘了，故事也就收场了——好吧，我可以告诉你，就我的个人经验来说，完全不是这么回事。现实生活中，每个故事的结束恰恰是另一个故事的开端，除非你死了——这样的终结才是真正的结束。我认为，如果小说忠实于生活，那么就应该以所有人物的死亡为结尾；但如果他们真的死了，我们就不想读小说了，对吧？

我想说的是：大约十年前，当我看见——我和你都看见——奥利弗开车沿着那条法国乡道疾驰而去时，难道你就没有想过那就是故事的结局吗？我不怪你——我也隐隐有这种想法。也许，我希望故事早已有了结局。但生活是绝不会让你这样子的，是不是？你无法像放下一本书那样放下你的生活。

奥利弗：

斯图尔特在吃饭时最能展现独特的斯图尔特风格。圣西门修士会勃然大怒，把柱子修得更高，以逃避像干冰一样环绕桌腿的瘴气，那瘴气催人昏昏欲睡。这勾起了我对往昔的回忆，当时——为了让斯图宝贝领略男女之事，但未果——我就允许他与我一起参加两对男女的约会。他就像一根动画片中的棒形面包一样坐在那儿，而当两位姑娘都挑选由鄙人护送她们回家时，他顿时郁郁不乐。我认为这切切实实地给肥臀者提供了某一模糊的社交目的：通过与斯图尔特双双赴男女之约，你可以逐步达成三人性爱。不过也有不利之处。他老是因为埋单而嘀咕个不停（**他竟然是如此幸运**），所以你不得不好好地抚慰他一番，好让他赶紧去坐夜班公交车回他那昏暗的狗窝。

例证：斯图尔特显然觉得在过去十年中他已提升了自己的能力。但是，假如在某个社交场合中，你是唯一多余的男性，去主动跟在场的唯一多余的女性唠家常是不礼貌的，难道不是吗？例如，你这样向她发问："你靠什么谋生？""你交的是D类税收表还是E类税收表？""你向哪家税务所报税？"可是他就是一味地盯着艾莉小姐，就像他的隐形眼镜出了问题。过了一会儿，我走了进去，把她简短的个人简历给了他，这倒好，他走向另一个极端，开始侃侃而谈，扯起了全球食品经济，以及他售卖像恶魔的生殖器一样歪歪扭扭的胡萝卜这一使命。

例证：他花了很长时间帮吉莉安"清理"。他把碗碟放入洗碗机，真的是很感人哟，但是，在幕后，他把叉子噼里啪啦、叮叮当当地抛入小凹栅，那可不是所谓的知恩图报啊。

例证：曾几何时，他对虚构和非虚构类作品都可能盘踞在敏感者的书架上这一点愤愤不平、耿耿于怀。还有，他怒叱道，为什么非小说是屈尊俯就地依据它的对立面来定义和命名的呢？难道这不是好比把水果定义为"非蔬菜"吗？或者——我们不妨进而推断——好比把蔬菜定义为"非水果"？

小说，我回答说，是至高无上的虚构。非小说类作品是愚人金上的糟粕（不管那是什么意思，我就喜欢这读音）。他没怎么听懂。听着，我说，小说——自然而然地，我是在泛指艺术——是圭臬、低音线、中庸之道、子午线、北极、北极星、天然磁石、北磁极、赤道、十全十美、尽善尽美、典范、制高点、流星、哈雷彗星、东方之星。它既是亚特兰蒂斯又是珠穆朗玛峰。或者说，如果你想采用更加斯图尔特式的说法，那它就是马路中间的那根白线。其他一切都是偏差而已，比如信号灯，比如后视镜中突然冒出的测速相机。

他想了一会儿，然后吟咏道："你只装了一次双层玻璃，就装得棒极了——无与伦比！"说罢，他对我咧嘴一笑。

有时候，我的耐心经受了严峻的考验。圣奥利弗，他让小讨厌鬼来找他。

吉莉安：

奥利弗告诉我他已邀请他们来吃晚饭时，我简直不能相信。就他们两个，搞得真的很微妙。我推卸了做饭的责任，问了一下他准备烧什么。最后，我们决定吃美味咖喱。如我所说，奥利弗并非真的喜欢印度菜。我不能说我本人做了多大贡献，倒是斯图尔特尽了全力。餐后，他帮我一起收拾。他细心地把盘子叠好，细致中几乎透着温柔。我甚至注意到他矫正了机器中的几片塑料头尖叉，奥利弗一靠近它，这些尖叉总是指错方向。有一次，虽然并不是喃喃而语，而是有点平静中带着坚定，斯图尔特说："我觉得我们得把它换了。"

"斯图尔特，"我说，"它是有点旧了，但它的性能还好得很呢。"

"不，不是洗碗机。而是所有的东西。你不能再这样下去了。"

斯图尔特：

我的计划如下：

——他们需要更多空间；

——附近的学校不怎么样；

——吉莉安需要一个更大的工作室；

——奥利弗得干点事情；

——简而言之，他们需要一套宽敞的房子，周围有好一点儿的学校；

——有趣的是，我碰巧有这么一幢房子；

——就这么解决；

——不过我也明白可能会有点问题。我得说服奥利弗这主要是为吉莉安好，而对吉莉安说这对奥利弗有益，同时告诉他们俩这对他们的孩子更有好处。唉，这不应该是不可能的吧。上次我跟奥利弗喝酒时就已安抚过他了。我想，有两次我真想掐死他。他肆无忌惮地讲了一则关于"啤酒—里兹"的脑残笑话，还自以为那笑话是他原创的。好像约克郡还没有一两家以此为名的著名外卖酒店似的。然后呢，当我们离开时，他却一脸多愁善感，因为他往往一喝醉就会那样。"嘿，斯图尔特，我的老伙计，铁石心肠吧？咱们是亲兄弟什么的吧？势均力敌，覆'血'难收，铁石心肠吧，嗯？"

我觉得奥利弗对我怎么帮他自有定见，他的想法包含了各种要素，而这些要素在我实际的计划中是没有的。

艾莉：

那天晚上，某一刻很诡异。奥利弗像往常那样劈头盖脸地妄谈艺术，给我们两个其实拥有专业学位和文凭的人讲课，不过他倒没注意，突然，斯图尔特发出一阵搞笑的声音，给双层玻璃做了个广告。言下之意，是又回到了几年前。这是多么离奇，你可以从奥利弗的脸上看出他是真的生气了。如果你问我，我认为斯图尔特完全明白自己的行径。

吉莉安对这一切都显得有点冷漠。

奥利弗：

斯图尔特表现得好像他那著名的计划可以从乱世中拯救小龙经济似的。其实，他的所作所为更像是一名实行狄更斯笔下难以忍受的救济计划的工匠，通常被称为"彻里布姆"或者同样荒谬的名字。

怀亚特夫人：

斯图尔特回来了，有一件事尤其让我无法平静。即不知道他会不会又牵扯进这个家庭。

你看，苏菲和玛丽并不知道她们的妈妈是再婚。

荒谬，对吧？不合时宜，对吧？

好像是这样的。当初，奥利弗和吉莉安抛弃了英国的生活，移居法国。斯图尔特则浪迹美国。那小丫头——苏菲——慢慢长大，开始问各种各样小孩都会问的问题。正如你也许已经发现的那样，我女儿是个很直爽的人。因此，无论苏菲问什么，都能得到答案。譬如孩子是哪里来的，猫死了会去哪里之类的问题。不过，说来也巧，有一个问题苏菲没有问，因为小孩子一般想不到，那就是："纯粹出于好奇，妈妈，你在嫁给爸爸之前，跟别的人结过婚吗？"所以你看，这事绝对不会发生。

当然不止这些。也许，这只是不去思考过去的一种方式，同时，也是让孩子的生活显得不那么复杂的一种方式。我们都希望我们的孩子相信，他们进入这个世界是一件既非凡又简单的事情。除非必要，为何将重重困难压在小孩子身上呢？

久而久之，你之前未说出口的话就更难说出口了。接着，玛丽降生了。于是你就不期望再见斯图尔特了，可他却回来了。

也许，这无关紧要。也许，有一天他们会置之一笑。也许，这不太可能。

吉莉安：

我说，这档子事我们就歇手不干了行不行？

我对奥利弗说："你知道斯图尔特到底出了个什么主意吗？"

他提议我们接管我们刚结婚时,我和他住的那套房子。"

奥利弗说:"你是指我们当初坠入爱河的那栋房子?依我看,完全合适。"

"那么多年过去了,为什么他还有那房子?你不觉得太奇怪了吗?"

"不啊,我觉得那纯粹出于商业目的。他可能靠出租房子挣钱呢。"

"那这些租户怎么办?难道他打算把他们全赶出去?"

"我认为如果房东有意收回房子作为自己的主要居所,这并不违法。"

"这种事情你就不一定知道了。"

"是的,这是斯图尔特知道的东西。"

"无论如何,并不是这么回事。**他是**不会搬进去的,所以他是昧着良心把房客逐出去的。他们会怎么想呢?"

"他们可能会觉得他利欲熏心。"

"难道你没觉得这是个馊主意吗?"

"房子的一半曾经是你的,他买下了你的那部分产权,而现在你要把它弄回来了。"

"不,我说的馊主意指的是,过去我和斯图尔特住在那儿,而现在斯图尔特提议让我和你住在那儿。"

"还有孩子。不管怎样,我期望墙纸已经换过了。"

"难道你就只能想到……墙纸吗?"

奥利弗：

你知道，墙纸这东西可以把人搞得椎心泣血。我的一位艺术家偶像，到了丰饶而非斯图尔特那样的中年时代，不知不觉中发现自己在游览一个地中海城市，那是他半辈子前初次与爱神邂逅的地方。如果没记错的话，那是马赛。出于对情欲的怀恋和扭曲的自我好奇心，他开始寻访那一几近遗忘的故地，但是，由于记忆失误和城市重建的缘故，他未能如愿以偿。疲惫的他来到一家理发店前，他决定放弃搜寻，转而进去理发。理发师给他脸颊上花白的胡子打上泡沫，正当理发师在革砥上磨剃刀时，突然之间，狗屎！他突然认出了墙纸。虽然墙纸现已褪色，但它充分证明那激情澎湃的事件就发生在这儿，发生在这个房间里。不妨想象这样一个时刻：镜中是老人的脸庞，墙上是年轻人的墙纸，中间的那个人就是他，遭受怀旧和前瞻的双重夹击，肯定让那饱经沧桑的喉咙抵住了剃须刀，嗯？

当我把这事告诉吉莉安时，她问我的偶像怎么可以那么确定那就是当年的那间屋子呢？当时，市面上有那么多种不同的墙纸，而且同一区域的很多房子无疑都贴同样的墙纸……

我告诉她，真实直接起源于诗歌。

斯图尔特：

奥利弗打来电话说，就他所知，吉莉安唯一的眼中钉就是那墙纸。人们对自己住的地方太挑剔了吧？

他们还需要一台洗碗机，旧的那台快寿终正寝了。

苏菲：

爸爸说我们要搬入一间更大、更漂亮的房子了，但妈妈说我们不会搬。

我问我们是否住得起，他们却装作没听见。

于是我问，假如我们搬到更宽敞的地方，我们可以养只猫吗？

他们说会考虑的。

玛丽：

猫就叫普鲁托！猫就叫普鲁托！

艾莉：

奥利弗打电话来跟我说，斯图尔特真的很喜欢我，但他这人害羞得不得了，可能我得主动出击。奥利弗花了大约十二分钟闪烁其词。我回答说，斯图尔特好像是个挺不错的人，不过中年离异男绝不是我的菜。我大概只用了八秒钟就毫不掩饰地说出了心里话。

斯图尔特：

奥利弗打来电话说，艾莉真的很喜欢我，但她害羞得不得了，可能我得主动出击。我告诉他，我脑海中唯一的"出击"是针对他和吉莉安的。他痛骂我，说我就像一条狡猾的狗，还说他看得出我和艾莉真的喜欢彼此。

为什么奥利弗觉得我在异性方面还需要他的帮助？从前他也没多大用处。我们偶尔会一起约会，但他总是表现出一副居高临下的样子，搞得我想尽快结束。我不介意被人戏弄，但是碰到奥利弗这号人，这戏弄就会蜕变成某种醉醺醺的挑衅。而他所谓的帮助我就是喋喋不休地告诉我，我多么需要帮助。在这种情形下，那一点儿用处也没有。

而现在，我当然不需要奥利弗。我自己可以看得很清楚，艾莉是个迷人的姑娘。我也知道怎样使用电话。

搬家的另一个好处就是，他们也许可以得到更好的外卖咖喱。

奥利弗：

彻里布姆先生送给我一份剪报，上面说可能会派某位公务员去"掌管"当地学校，也就是镇压武装叛乱，让吸毒成为一个选项，而并非非吸不可。在产品运送和员工士气这些事上，这一带的教育权威显然与蒂姆先生的英语学院不相上下。

你看，**我**可不需要让任何人相信。夫人才是这儿拍板的人，这是众所周知的事。我只不过是跟奥地利外交大臣梅特涅谈判的一个教皇国。

斯图尔特：

奥利弗告诉我必须跟吉莉安弄清楚。他的话简直是多此一举。我们吃了顿午饭，她一开口就说她才不会接受施舍，我觉得这是吉莉安的典型做派。我告诉她，我本来就打算AA制。

她就是这么个人，知道别人是如何看待自己的。我知道，就我们的婚姻而言，由**我**来说这件事也许显得怪怪的。可是，当回首往事——我经常这样——我看不出她其实欺骗了我。她也许欺骗了她自己，但那是另一回事。我问她时，她跟我说了实情。我们离异时，她承担了责任。我们分割财产时，她少拿了应得的部分。现在我隐隐觉得，当初她其实并没有像我以为的那样在跟奥利弗睡觉。总而言之，你可以说她表现得很不错。只是，那就是说，在我看来她表现很糟糕。

于是我就顺着她的意思。我说我期望他们付给我一笔不菲的房租费。我暗示说，这样也许反而可让奥利弗集中精力，说服他干一份常人所谓的正经工作。当然，作为租客，他们到时就可以获得购买权了。再说，我会确保房子修缮良好。说到这点时，我差点触及了恼人的墙纸问题。我提到附近有几所较好的公立学校的种种好处。我也提到我要送的乔迁礼物会是一只叫普鲁托的猫，除非这一举动被视为唐突无礼。而且，当我感觉到（在商谈时你怀有那样的本能）多一项条款、多一份出价就会打破平衡时，我补充说——说话的当儿，这念头冷不丁地闯入我的脑海——我虽然不认识任何好莱坞大牌，但可以给奥利弗找一份工作，为我干活。只要那也不算施舍就行。然后我们平分账单，小费也对半分。

她直接从工作室回来了，鞋子上有一滴滴颜料。这是一双老款的猩红色鞋子，鞋带很细，且有搭扣。踢踏舞鞋或是土风舞鞋？诸如此类吧。我觉得这双鞋子很好看。

吉莉安：

斯图尔特慷慨得不得了。我的意思就是那样。如果他只是一般慷慨，那么，下面这番话就会比较容易说：不，谢谢你，我们会一如既往地照顾自己，非常感谢你。但他不是揣着朦胧的好意贸然闯入的，他考虑了我们的需求，而这就很难拒绝了。女儿们叫他贾思特·斯图尔特，就像警长之类的。有趣的是，这种叫法倒挺合适的：他**确实**正直[1]。

奥利弗说我这会儿很固执、傲慢，我不那么认为。我关心的不是"什么"，而是"为什么"。我们都表现得好像斯图尔特在努力补偿什么似的，因为现在他有能力这样做了。其实根本不是那么回事。恰恰相反——或者应该说是相反。奥利弗好像没有领会这点。不知怎的，他认为由于他（斯图尔特）已获得成功，那么他（奥利弗）就应该从中获益。所以他觉得我现在太谨慎了，而我觉得他太自满了。斯图尔特在那儿说：很明显，这就是答案。是吗？

---

1 正直：贾思特，原文为Just，有"公正的"的意思。

斯图尔特：

房屋租赁中介认为也许需要六个月或更长的时间让房客搬出来。我解释说是我自己要搬进去，但他们说那就得出个通告什么的。他们似乎没有明白我的意思，于是我专程到房子里去了一趟。回到那儿有点怪怪的，但我尽量专注于手头的活儿。这栋房子租给了三个住户。我分别拜访了他们，给他们都报了价。我向他们解释了它还会租多长时间，除非他们三个都同意，否则它对我毫无用处。我对此十分坦率。嗯，我也许编了个故事，说什么怀了孕的妻子将从美国回来什么的。

没必要那么看着我。我又没有把孤儿扔到冰天雪地中，也没有雇一帮流氓恶棍。我不过是提出一笔交易而已。这完全就像你在办理登机手续时被告知飞机已超额预订，如果你能乘坐下一趟航班，他们便会赔偿你一百英镑。如果你有急事而且不在乎那一百英镑，那就根本不会予以考虑；但如果你是个学生，手上有大把的时间，这听上去倒是个不错的主意。用钱换不便嘛。你不一定非接受不可，但也不会因此借口责难航空公司。

人们明白交易这名堂，已不再对它感到惊异，而且，人们喜欢现金支付。我告诉他们，法律明确规定我最终有权拿回房产。我赞同那是个好地方，这就是我前几年一直住在那儿以及现在想回去住的原因。我强调本人希望尽快解决此事，并建议他们集思广益。我对接下来的情形了若指掌。他们对我说"不"，其实它的含义是"是的，有可能"，然后我把它转化为"是的，请吧"。我预付给了他们一半，另一半等他们搬走时再给。我要他们签名。这倒不是为了税务机关——死了这份心吧——而只是留给我自己做凭证。

用钱换不便。那有什么不对？

奥利弗和吉莉安还没有下定决心，但是，当我说三十天后这幢房子就会属于他们时，对他们来说，这件事更加现实了。我期待最终有某个附加条件。当人们将得到自己想要的东西时，往往会有这么个额外条件。仿佛人们不能接受这一简单的事实，而非要把它复杂化，非要轻飘飘地强加他们的意愿。是的，只要你额外奉送挂在后视镜上的毛皮色子，我就买你的车。

吉莉安说："但有个条件。你不能给我们买猫。"

典型的吉莉安做派。其他任何人都会要求更多，而她只会要求更少。

"好的。"我说。我明白她的言外之意。我取消了已预订的新洗碗机，也决定不重新装修，等房客走后稍微修缮一下就算了。让奥利弗亲力亲为对他不会有任何害处。

我也在想，一旦他们住进来，我就不去管他们了。最近因为这件事我耽搁了点工作。也许是该找一家新的猪肉供应商了。我也可以增加豆腐开胃菜的品种。鸵鸟怎么样？我一直本能地排斥这一想法，但说不定我错了。也许该做个顾客调查了。

泰里：

让他把照片拿出来给大家看看。

第十章
避孕套

艾莉：

避孕套，每次都得戴。每一次，直到他做了艾滋病检查，而我站在了圣坛前。我只相信我眼中所见。如果你见识了某些我所认识的毛头小子——还有某些男人——你也会这样的。这倒不是说男人就一定比毛头小子诚实。好吧，暂且把他们，甚至是毛头小子们，都称为男人，然后问你自己这样一个问题：如果有一颗男用避孕药——他们每天都可服用的药片——每次服用后他们在二十四个小时内不会让女方受孕，如果是他们得对你说"不要紧，我已吃过药了"，当听到这句话时，你觉得他们讲真话的概率是多少？我猜40%~45%吧。噢，好吧，你没我那么愤世嫉俗，你认为是60%，不，你说是80%，也许是90%，甚至是95%。这样就够了吗？对我来说还不够，99.99%对我来说都不够。鉴于我的运气，我会命中那微小的0.01%的。

不行。避孕套，每次都得戴。

而且，我的意思并不是说我想结婚。就算我想结，那也绝不会是在教堂里。

斯图尔特：

我倒是无所谓。我的意思是说，每种方式都各有利弊。我觉得这不是个大问题，除非某人对此特别反感。就像人们所说，激情战胜一切，或诸如此类的话。那不过是个技术细节。真的，我无所谓。

奥利弗：

既有利又有弊，以下是一位精通肉欲者的推论，一位圆滑者——像鲑鱼般巧妙地跟踪热的精子——的争辩，一位像巴黎公社社员那样熟悉人造街垒者的理论。

1. 法语叫阴茎套（letter），英语叫外套（overcoat），或者（诚如我们的斯拉夫语系的表兄弟们沮丧地所称）橡胶套（galosh）。橡胶套鞋中确实含有这一物体的成分。你有胆量的话，就叫我唯美主义者吧，但是——从符号学和心理学上来说——我们不妨细细想一想那人将奶嘴放在自己阴茎末端的后果。虽然避孕套也许可以提供慰藉，解决那一触即发的汹涌性情，但是，我深深觉得，此后的一个时期，悲伤已随时与你相伴。你得第一时间撤出，手指紧张地探寻那增厚的橡胶圆环,然后便是长长的一段将润滑的避孕套拔掉的过程。为什么我总是回想起那些和战俘有关的电影?影片中那条逃生隧道突然塌陷,几乎窒息的英国皇家空军士兵不得不被人拖出废墟。然后,呈上这一勾当留下的证据,它在你面前晃荡,就像扬扬得意地给一个婴儿奉上他如厕后的便壶。那一瞬间,难道不是霹雳雷鸣,悒悒不已?

2. 避孕子宫帽,或者(像那不会飞的、已灭绝的南美鸟)隔状子宫托。殷殷等待情人拜访浴室——性交图表中老是出现性欲消退的光点。长弓已绷紧,箭已上弦,这时亨利五世——或者更有可能的是,巴道夫——命令他将箭矢暂时收进箭囊中。啊,好啦,那就趁机哼一首加麦兰小曲儿给自己听吧。然后问题来了:口舌之欢是否会因润滑剂的香味而增强?对极少数乐天派来说,也许是的。

3. 避孕药。啊,人上人,肉上肉,狂喜无比;亚当和夏娃,男欢女爱。就像开车的人被自动启动装置改变了生活,耽于情色者的生活也被药片所改变。自此,其他一切感觉都像是手摇装置。

4. 所谓女性避孕套。本人对此毫无所知,也无任何经验,但是,难道那不是……可别是像在与一块防潮布做爱吧?或许,这对那些早年参加过童子军、有恋物癖的人颇有益处。

5. 输精管切除术。正是"切除术"三个字让我望而却步。

6. 非插入式性爱。服务员,请给我来一份三道菜的晚餐,一盘开胃美味小吃、一盘饭后果汁冰糕、一杯脱咖啡因的浓咖啡。

7. 半插入式性爱。延时机制、不完全性交、抽出、互相手淫、在裸睡的两人之间放置一把开锋的剑、英格兰式节制的爱（法国人诙谐地称之为隔着衣物性交）、分床、贞操带、禁欲、圣雄甘地式选择……这一切阻碍了纯粹肉体的真切交汇：这可没门儿。该死的，这可没门儿！

吉莉安：

这永远是一种妥协，不是么？我的意思是，除非你使出浑身解数想怀孕。避孕药让我觉得全身发胀，节育环让我比平常流更多的血，而自从我的一位朋友在生第一个孩子时随胎盘带出了铜制"7"字形节育器之后，我就再也不信任它了。所以这是避孕套和子宫帽两者间的一个古老选择。奥利弗讨厌避孕套。事实上，不如说他不太会用避孕套（这才是奥利弗讨厌它的原因）。另外，大煞风景、浇灭激情的是，奥利弗会在床的那头大声诅咒、死挨活撑——仿佛那都是**我的**错似的——而且他不止一次一气之下把那东西扔到卧室的另一边。曾有那么一段时间，都得由我为他戴上套子，从而解决这一问题。他倒是很喜欢这样子得到母亲般的呵护，不过那只是在他心情郁闷的时候，有时（好吧，实际上是司空见惯了）他干着干着就软掉了，弄得**我**也很焦躁，你知道，生怕那玩意儿瘪在我体内。

所以只剩下子宫帽了。虽然不算完美，但至少我可操控。这正是我想要的，同时，我想这也是奥利弗想要的。

奥利弗：

原本想这么说的。当初我们住在法国，常买避孕套。你要防腐剂。药剂师先生，又是一个做果酱的季节。请给我来一小袋防腐剂。奇了怪了，一个信奉天主教的国家竟然把它弄得听上去像救命丸似的，而事实却恰恰相反。"老板，请给我来一小袋杀精药。"这就是你们所期望的，是不是？到底是要防护什么？母亲的健康或是父亲的锅炉压强吗？

泰里：

我估摸那是我们婚后一年左右吧，反正是在我们去看治疗师之前。当时斯图尔特刚刚开始健身塑形，用公寓里的踏步机，去健身房锻炼，周日早晨慢跑。斯图尔特的前额大汗淋漓的时候，他就给自己把脉。某种程度上，那动作很酷。那是一件健康的事情，我认为这是显而易见的。我的意思是，那时我认为那仅仅是一件健康的事情。

他不喜欢我老是吃避孕药。我们曾经打趣，说基因变异以及喜欢有机产品什么的。他建议我服用事后避孕药，这样可减少身体对激素的摄入，也不会干扰性生活。那很有道理，于是我连续用了一两个月。可在某个星期日早晨，我找不到我的药片了！或许我并不是世界上最有条理的人，但总是有几件东西女人是知道放在哪儿的，其中之一便是控制生育用的避孕片。斯图尔特倒是很冷静，而我却快要抓狂了，拼命地给一家家药店打电话，问哪一家还在营业，然后驱车穿过整个镇子赶往那家药店。事实上，是斯图尔特在开车，我在他耳边不断地催促，开快点，再快点。他说他也无能为力，但我觉得当时我们俩谁也不知结果。我担心我们的车子会撞上马路凸块，唉，那倒可能有救了。

几天后，我找到了药片，就压在一包舒洁纸巾的底下。药片怎么跑到那儿去了？我该不会脑子坏了吧，我想。一两个月过去了，又是一个星期日早晨，我又找不到避孕片了，而且，就像上次一样，我意识到自己正好处在高危期。斯图尔特已经起床，正在踏步机上锻炼，于是我冲到他面前，厉声问道："斯图尔特，该死的，你是不是把我的避孕药藏起来了？"他，这个冷静先生、理智先生，发誓说自己没藏，继续在踏步机上上下踩踏，然后给自己把脉。我简直气疯了，一把将他从踏步机上推了下来，穿着睡袍，光着脚丫奔下楼，钻进车里便向着镇子另一头的那家药店飞驶。正好是上次的那个店员接待了我，他对我扬了扬眉毛，好像在说，女士，你拾掇一下你的**生活**吧。于是我走上了正道，背弃了避孕药。曾经的避孕药，永远的避孕药。

怀亚特夫人：

多么傲慢无礼！

第十一章
不是园丁鸟

斯图尔特：

吉莉安很信任我，悄悄地告诉我奥利弗在他父亲去世后差点崩溃。我说："可是奥利弗恨他的父亲呀。他老是在数落他。"吉莉安回答："我知道。"

对此，我想了很久。怀亚特夫人一五一十地做了解释，讲得蛮复杂的。我却给了她一个简单得多的答案：奥利弗是个骗子，一直都是。所以呢，也许他并非真的恨他父亲，只是装模作样地恨他，想博取同情而已。也许，他其实很爱他，所以，当父亲去世时，他不仅很悲痛，而且也很愧疚，因为这么多年来他一直对父亲恶言相向，而正是这份愧疚差点让他崩溃。这解释怎么样？

当我跟他们共进晚餐的时候，吉莉安说了些啥？"奥利弗，你老是把事情搞砸。"这句话竟然出自对他了如指掌的人之口。

他觉得讲真话很小资，撒谎很浪漫。该成长了，奥利弗。

泰里：

他仍没拿出那张照片，是吧？你认为法庭传唤有用吗？

斯图尔特：

好吧，我们来澄清一下事实：泰里，我跟她结婚五年。我们相处得不错，只是好景不长。我可没亏待她或怎样，也没有对她不忠。我得忙不迭地补充一句，她也没有对我不忠。只是她跟……前任有点小问题，但也就那么回事。我们相处得蛮好的，只是好景不长。

泰里：

你看，我跟斯图尔特闹不和基本上全是因为那该死的大道理。起初，他看上去挺好的，人模人样的。说来嘛，这也没什么错。他对你很坦率，也很实诚，实诚到连自己不实诚的时候他都意识不到。我不知道他是一个多么典型的英国人，所以就不想一棍子打死整个英国民族。还有哪些我不了解的呢？不过，斯图尔特大概是我这辈子遇见过的最神秘兮兮的人，当然我指的是在情感方面。如果你让他讲讲他需要什么，他就那样愣愣地看着你，仿佛你是新世纪的某种怪胎。如果让他表达对婚姻的期望，他的脸色可难看啦，就好像我说了下流话似的。

看，那张照片就是佐证。当时我需要点钱，斯图尔特让我从他钱包里拿五十美元，结果一张照片掉了出来。我看了看，问道："斯图尔特，这是谁？"他回答："哦，那是吉莉安。"就是他前妻。好吧，当然，为什么不是呢，就这样。我们结婚两年，不，三年了，照片还在他包里，好吧，不然呢？我从未见过她的照片，可是，唉，我干吗非得见过呢？

"斯图尔特，你没有什么要和我交代的吗？"我问他。

"没有。"他回答。

"你确定？"我问。

"没什么好说的，"他说，"我说过，那是吉莉安。"他拿过照片，把它放回了钱包里。

自然而然地，我预约了婚姻咨询师。

我们大概聊了18分钟。我解释说，我与斯图尔特的根本问题就是希望他和我谈谈我们之间的矛盾。而斯图尔特说："那是因为我们之间没有任何问题。"我说："你看到问题了吧？"

我们纠结了好一会儿。然后我说："把照片拿出来看一下。"

"我没带。"斯图尔特说。

"可是自我们结婚以来，你每天都带在身边。"这是我的猜想，但他没有否认。

"呃，我今天没带。"

我转向咨询师。这位咨询师1）是一名女性；2）是世界上最不疯癫的人；因此3）被挑选来帮助斯图尔特稍稍认清自我。我对她说："我老公在钱包里随身携带他前妻的照片。那是一张彩照，有点失焦，是从上方某个角度往下拍的，可能是用什么长镜头拍的吧。照片上的妻子，他的前妻，脸上有血，显得很害怕，好像刚被痛打了一顿；同时她还抱了个娃娃。说实话，当我第一眼看到的时候，我还以为她是个从战区流浪过来的难民什么的，但那其实是他的前妻，她好像是在尖叫，满脸是血，就那样子。唉，他一直带着这张照片。我们婚后每一天都带着它。"

大家沉默良久。最后，前16分钟都严守中立、没有做出任何判定的哈里斯医生开口道："斯图尔特，请你解释一下好吗？"

斯图尔特无比拘谨地说："不，我不乐意。"他起身就走。

"您有何高见？"我问。

治疗师解释说，依据行规，只有夫妻双方都在场时，她才能做出点评。可我要的只是个说法，一个简简单单的、该死的说法，而到头来，我连那都没得到。

就这样，**我**也走了。看到斯图尔特在车里等我，我一点儿也不惊讶。他载我回家，路上我们聊起餐馆的事。他一副若无其事的样子——我觉得，某种程度上，他没有生气。他只是想离开那儿罢了。

那天晚些时候，我又试了一次。我问："斯图尔特，那样子对她的是你吗？"

他说："不是的。"

我相信他。我的意思是,他这样说很重要。我绝对相信他。我只是不了解他而已。他内心到底是个怎样的人?要是你不必问那个问题,他倒是个十分惹人爱的家伙。

奥利弗:

你还记得戴尔夫人吗?当初,我栖息在55号,即新婚燕尔的休斯夫妇(我恨透了他们)的马路对面时,她是我的门房,俨然是希腊、罗马神话中守卫冥府的三头犬刻耳柏洛斯。那儿的前花园里有一棵病怏怏的智利南美杉,庭院大门病快快地畏缩在它后面。我自告奋勇想修这扇大门,但她一口咬定这门没问题。根本不像我。我有伤口化瘀,她精心照料我。那时,她的人生书页已泛黄、起皱;她的头颅耷拉在脊柱上,就像一朵向日葵垂吊在枝干上;她的白发渐渐呈淡褐色。我温情地注视她那块开始脱发的地方,那就像馅饼皮上的通气孔。

突然,一阵恐惧袭来:她会不会早已去世了?她会不会已经被一对信心满满的年轻情侣所取代,他们重新粉刷了那扇赭色的门,挂起了樱桃红百叶窗帘,将那棵夹竹桃树夷平,为家庭三菱菱绅开辟停泊位?噢,戴尔夫人,你可要好好的,就当为了我。我们熟知的人的离世,只是短暂地奏响非同寻常的音调,那是钟琴音节中的回转曲折,而非管琴的铿锵之声,然而却是光阴那无情背叛的最好印证。挚爱的亲人离世是猜不透的"人生大事",而那些只闪现在我们的生命中,奏出交响曲般乐音的人的去世,会让我们嗅到死亡的沼气。

我向上帝祈祷,保佑戴尔夫人仍然健在,衷心祝愿她那棵智利南美杉如同翠绿的月桂一样茂盛;当奥利弗按响她家断断续续的门铃时,祈望那向日葵的花盘笔直地挺立在花茎上。

吉莉安:

"我想知道之前谁在这里住过。"苏菲说。

"形形色色的人。"这是我能想到的唯一答案。

"我想知道他们去了哪里。"苏菲补充道。她没有再发问,就像她前面所说的那句话一样,但我却怀有了戒心。突然间,我也觉得斯图尔特应该在我身边,他应该知道如何回答这个问题。毕竟,这一切都是他的主意,是他把我们牵扯了进来。

不,是我们把自己牵扯进来的。

不,是我把我们牵扯进来的。

我有好多应对的办法,其中之一便是出门上街,放眼瞭望。你知道,这里的街道就是这样的:一百来幢房子,两边各五十幢,共有二十五座阳台,全都是维多利亚时代晚期的风格,千篇一律,无法分辨。高高瘦瘦的排屋,由那黄灰色的伦敦砖砌成;半地下室与三层结构,每层的楼梯平台上额外有一个房间;狭小的前花园,三十英尺的后花园。我告诉自己,这只是这条街道上上百幢相同房子中的一幢,这地段的千分之一幢,整个伦敦的万分之一幢。所以,门牌号码又有什么用呢?浴室和厨房已变样,装饰风格也变了，我不想像以前那样把工作室安在顶层，而是置于中间层，这样感觉才会不一样。如果有什么事情让我回想起十年前的自己，我就会拿出画笔来。有女儿们在，就感觉屋子焕然一新。养只猫也是个好主意，我觉得。凡是新的，我认为都是好主意。

如果你想说我是在逃避，也许是这样的吧。但至少我清楚自己在做什么。不管怎样，这就是过了一阵子之后的生活方式，不是吗？人们不都是那样生活的吗？有些事，该逃避的逃避，该不管的就不管，而有些事呢，就躲得远远的。这很正常，这是成熟的表现，这也是你忙得不可开交、既要上班又要抚养孩子时的唯一的活法。如果你还年轻，或者没有工作，或者很富裕；如果你有时间或金钱，或者既有时间又有金钱，那么你就可以——那个词怎么说来着——面对一切，审视人际关系的方方面面，问问自己到底在做什么，又为何要这样做。但绝大多数人只是得过且过。我没问奥利弗有什么规划，也不过问他的心情如何。反过来，他也不问我是否觉得很压抑、很沮丧或很疲累，或有别的感受。当然，他不过问也许是因为他根本没有放在心上。

后门外面有个红砖砌的新露台，以前是没有的。露台上荒草丛生，现在已分辨不出色彩，还有一簇杂七杂八的植物和灌木。昨天我出去，将陪伴了我十年记忆的仅有的那两株灌木给砍了。我能认出它们，是因为它们是我亲手栽种的：一株醉鱼草，我希望它能吸引蝴蝶；还有一株岩蔷薇，它代表乐观。我把它们砍倒在地，连根拔起，然后燃起篝火，将它们烧为灰烬。当时奥利弗在外面与女儿们玩耍，回来时看到了我的所作所为，却一言未发，不置可否。

你看，这就是我想说的意思。

斯图尔特好像就想让我们这样继续下去。他送给我们一条猪腿，作为乔迁新居之礼。

艾莉：

新工作室比以前好多了，空间更大，光线也更充足。如果是在顶层，光线甚至可能更充足，而且，噪音会更少。不过我猜想这就是为什么他们想把卧室安置在顶层的原因吧。无论怎样，这不关我事。

我刚刚弄完斯图尔特的画。可以肯定，清理了一下以后，它也没什么改善。把他的画放在这儿有点尴尬。吉莉安不在的时候，我就开始忙碌。有一次，她瞥了它一眼，仿佛在说："还不如把它一把火烧了呢。"我咕哝了一声，表示赞同，随即低下头。"那是亨德森先生的。"我自言自语道，生怕我得被动地向她坦白。

应斯图尔特的要求，我给他打了电话。他说，把它带上，咱们喝上一杯。这不算邀请，也不是命令，只是陈述而已。顺便，我告诉他报酬是多少。

"你喜欢现金付款的吧？"他还是用那同样的口吻对我说。

不是强迫，但也不是请求。我并未因此而生气，只是觉得他是在成人世界，而我却不是。他的行为举止在他和其他人眼中再正常不过了，但对我却不是。我相信你们已经习以为常，称之为世道或什么的。不过呢，我不知道是否要去适应它，习惯它。从来不知道。

斯图尔特：

猪是高智商动物。如果你向它们施压，比如，将它们过度拥挤在一起，它们就会自相残杀。鸡也是如此——倒不是说鸡特别聪明。猪受到压力时就会互相攻击，互咬尾巴。你知道农场主是怎么解决这个问题的吗？他会截断猪尾巴，有时也截断耳朵，让它们没有东西可咬。他也会拔掉其牙齿或者套上鼻环。

呃，这些方法都不能减轻猪的压力，是不是？注射足够的激素、抗生素、锌或铜，或不让它在田野散步或在草堆休憩之类措施也无济于事。而且，除却其他因素，压力会影响肌肉的放松，转而影响肉的口感。当然，猪的饮食也受其影响。干我这一行的人都深有同感，猪肉是工厂化饲养业方式下风味丧失最多的肉类。而由于猪肉食来无味，所以不得不让利给消费者，而这就降低了生产利润，诸如此类的。不妨告诉你，让消费者掏更多的钱购买像样的猪肉，这是本人的一场圣战。

另一件让我思考的事情——呃，这整场有机食品的争论引发我思考——是，我们是怎么样的呢？它难道不是和我们人类一样吗？有多少人居住在伦敦？八百万？还不止？就动物而言，至少专家们已经研究出每只动物在没有压力时所需的生存空间，但他们甚至还没开始研究人需要多大的空间——或者，就算他们已着手研究，我们也毫不关注。我们一个个踩在别人的头顶上过日子，像猪一样乱七八糟地——难道这就是"乱七八糟"这一成语的出处——咬断别人的尾巴。我们想象不出跟这不一样的情景。鉴于我们如山的压力，鉴于我们大多数人吃的是这样的东西，我敢打赌，我们的肉尝起来一定恶心死了。

注意，以上可不是比喻。无论如何，绝不是奥利弗的比喻之一。这只是思维的逻辑推理。它言之有理，不是吗？有机人类——那会有多大的不一样啊。

吉莉安：

我正透过浴室的窗户俯瞰花园。这是一个美丽的早晨，空气和晨光中透着少许秋意。露水在窗角的蛛网上闪烁，孩子们在花园里尽情玩耍。成排的伦敦后花园，一半都已荒废，被低矮而灰黄的墙隔开，枯木和塑料爬梯零星散落。此时此地的秋天早晨，即使再普通的景色也显得如此美丽。我的视线又折回到女儿们身上，她们在绕着一堆灰烬奔跑，你追我赶，纵情嬉戏。

我思绪万千：三天前，我因十年前发生在这所房子里的事而砍掉了亲手栽种的两丛灌木——我喜爱的灌木。我把怨气发泄在了灌木身上，将它们劈倒在地，连根拔起，付之一炬。当时，那样做似乎很明智、很实在、合乎逻辑、合情合理、非常必要，而此时此刻，当看着女儿们绕着我决定惩罚的几株植物残骸翩翩起舞时，我突然觉得三天前的行为简直就像是疯子所为。大夫啊，我为了第二任丈夫而抛弃了第一任丈夫，所以十年后我烧毁了醉鱼草和岩蔷薇。你能给我分析一下这种行为吗？

我知道自己心智完全健全。我只是说，某些小小的、无从褒贬的行为——现在或将来都不会伤害任何人的行为——今天看上去很正常，而明天看却很疯狂。

玛丽刚刚绊了一跤，摔进了灰堆里，而奥利弗又不在，我得下楼去把她弄干净。至少这一切是理智的。

奥利弗：

我的第一项睦邻职责——不，与其说是职责，不如说是平息生存恐慌的企图——是拜访55号居所。那一扇扇窗户依然深受青光眼之苦，前院中的智利南美杉仿佛像一只手，向我伸出刷子般的中指。门还是老样子，依旧呈青黄色，没有翻新油漆——那她还活着吗？我的食指垫在高速记忆中巡游，找到了从北偏东一些的角度按响了门铃。我曾有过如此意味深长的犹豫吗？这深长的意味曾是如此歇斯底里吗？但接着我听到了穿着拖鞋的古老的脚发出的声响。

重游童年故地，戴尔夫人比我记忆中更瘦小。沐浴在阳光中的，是一顶衰萎的头冠和一张极端扭曲的脸，看上去仿佛接待了一位裹足者的来访。为了重续旧交，我双膝跪地，就像婚礼上，我向妻子伸出一只手时一样。就算双膝下跪，头依旧高到能够依偎在她肩上。我向她亮明身份，可是，唉，她似乎已不记得我了。她用窗户般浑浊的眼睛审视我。我讲述她能忆起的往事，端出满满一大桌笑话，希望这能勾起她的食欲，让她拿起餐叉，好奇地拨弄几下。但这一切好像都不合她的口味。事实上，她的反应就像在面对一条乱吠的疯狗。好吧，至少她多少算是活着吧。我像个宣誓效忠的骑士一样直起身，向她告辞。

"11点25分。"她说。

我看了看手表。非常不幸，她连时间都弄错了几小时。可转念一想，也许这正是时间的本质所在：剩下的时间越少，你就越不在乎时间的精确度了。我正估摸着不告诉她太阳都快越过横杆时，她却重复了一遍："11镑25便士。这是你刚才因为空谈而欠我的钱。"

说罢，她抽回裹脚，砰的一声关上了门。

怀亚特夫人：

斯图尔特告诉我，他很高兴重返英国。

斯图尔特告诉我，友情已经恢复。

斯图尔特告诉我，苏菲和玛丽是招人怜爱的孩子，他觉得自己就像是她们的教父。

斯图尔特告诉我，他要力争为奥利弗在他公司谋个职位。

斯图尔特告诉我,他只担忧吉莉安,她好像压力很大。

当然,这些我一点儿也不信。

可是,我相信什么并不太重要,关键是斯图尔特他自己相信几分。

斯图尔特:

我也在思考这个问题。你知道ADI和MRL是什么意思吗?

不知道?呃,你理应知道的。ADI指的是每日允许摄入量,而MRL是最大残留限量。具体而言,MRL是指当食材离开农场时法律许可残留的农药量,ADI是指吸收入人体不会造成伤害的农药量。二者都以毫克/千克为单位。很明显,ADI采用千克是针对体重而设定的。

这就是我在思考的问题。人们生活在一起的时候,有的人就会产生像杀虫剂一样对他人有害的东西,比如可怕的偏见。偏见会渗入周围的人,污染并毒害他们。所以,我有时就会以农药标准来审视我身边的一个个人、一对对夫妻、一户户家庭。看到那个老是讥笑他人、满脑子歪主意的人,我就会问自己,这家伙的MRL是多少?或者,如果你和她住上一段时间,你的ADI会是多少?你孩子的ADI又会是多少?因为,就吸收有毒物质而言,孩子比成人更加敏感和脆弱。

我想我已经给奥利弗找到了份工作。

苏菲：

昨天，我发现妈待在屋子后面的那个房间里，就是浴室上面的那间，我们还不知道用它来做什么。她就那样站在那儿，离我远远的，甚至没注意到我。这让我有点慌兮兮的，因为平常她明察秋毫。可是自从搬进这栋房子以来，她就有点怪怪的了。

"你在干吗，妈？"我问。有时我亲昵地叫她，但有时我叫她"妈"。

她仿佛置身于百万英里之外。然后，她慢慢地环顾四周，最后说："我在思考该把这个房间涂成什么颜色。"

我希望她不要像爸爸一样郁郁寡欢。

艾莉：

我取回了那幅画。他的公寓和以前一模一样，除了在客厅的桌上放着几个干洗袋，里面装了大约二十件衬衫。这一切看上去太像临时住所。不过也许它**确实是**临时住所，只是看上去更长久一点儿而已，不知你是否明白我的意思。如果他是个商人，在伦敦干上几个月，那他就可以住进塞入门缝的免费杂志广告中常见的公寓里。三室两厅、标准台灯、钩带式垂帘、淡雅的墙贴画，他看到我在端详他的房间。

"没时间，真的。"他说，"也许我有时间，但我没那品位。"他又想了想，"不，我觉得倒也不是那样。应该说我是不会一个人欣赏。这好像很没意义。这么说吧，如果这只是为了我，我就没必要对它感兴趣。我是想让别的人对它感兴趣。是那么回事。"

这一切，他本可以晓之以情的，但他没这样做。他更像是在寻根刨底："你呢？"

我告诉他我是如何装饰自己的卧室兼起居室的，是从哪里搞到装修材料的。当我提到"义卖商店"时，他一脸惊讶，好像我说是从废料桶里弄到的似的。

"难以想象竟然那么麻烦，"他说，"你觉得这是性别差异吗？"不，说实话，我不觉得。"你觉得是基因的缘故吗？"

几天前，我们俩看了一档野生动物的电视节目，讲的是园丁鸟。你看了吗？它们栖息在东南亚的某处丛林，我想。雄鸟耗费大量时间和精力开辟炫耀领地，以吸引雌鸟。它们将花朵、小坚果和卵石整整齐齐地堆积在一起，宛若某位未经训练的艺术家在创作。我的意思是，这些并不是巢穴、家或其他什么东西，而只是一味炫耀，以吸引雌鸟。一切都太美了，但同时我又觉得有点吓人，它们使出浑身解数，搬出十八般武艺，本质上就为了交配。

那最后一点我没说出口，但聊完那节目之后，我们都不由自主地环视了他的公寓，忍俊不禁。随后，他站起身，重新理了理桌上的衬衫，把其中几件立了起来，按颜色归类排列，就像展览一样。蛮有趣的。

"难道你没时间匆匆喝一杯吗？街角有个酒馆。"

这次，跟在电话里不一样，他倒是正式发出了邀请，于是我答应了。

斯图尔特：

我们为什么会喜欢某些人呢？会情有独钟，我是说。

我觉得我以前说过，在我的成长过程中，我常常因为别人喜欢我而变得喜欢他们。也就是说，哪怕别人仅仅是对我客客气气、宽宏大量，我就会非常喜欢他们。这是缺乏自信啊。不瞒你说，这往往就是人们首婚的原因。他们无法相信有人居然好像无条件地喜欢他们。我现在明白了，我和吉莉安的情况就有点像那样。这不足以成为婚姻的基础，对吧？

当然，此外还有一种日久生情的办法，你可以从那些经典电视连续剧中见到。比如，一男一女邂逅了，一开始她并没有特别把他放在心上，但经过一段时间的相处，他的所作所为终于使她意识到他确实是个好男人，然后她开始喜欢上了他。你知道的，查德威克中尉将蒂恩古米少校从赌债、某个有潜在危险的境地或社交和经济困窘中解救了出来，于是，少校的妹妹蒂恩古米小姐——查德威克中尉自从被派遣驻扎在那个地区以来便心仪她却未能捕获其芳心——突然发现了他的美德，开始**喜欢**上了他。

我不知道是否真的是这么回事，还是仅仅是作者的凭空臆想。你难道不觉得应该是截然相反吗？信不信由你，依我的经验，你不会遇见某人，然后人家给你提供若干有关他的证据，最后你依据证据才决定你喜欢他。恰恰相反：你首先喜欢某个人，然后再搜寻证据来支撑你的好感。

艾莉很不错,是吧?你喜欢她,是不是?你有足够的证据吗?我喜欢,也许在合适的时候我会把她约出来。你觉得这是个好主意吗?

你会嫉妒吗?

奥利弗:

彻里布姆先生声称,每个人——从平头百姓到罗马教皇——都需要职业规划。他甚至竟敢问我的职业规划是什么。我断然承认自己一无所知。也许,钱柜和金库奏出的叮当之乐可让斯图尔特热血沸腾,但我会无动于衷。

"好吧,奥利弗。"他说,把双肘牢牢地架在仿大理石的吧台桌面上。他暂时避开了那一大杯金百纳小麦啤酒(你看,如果我愿意,我可用火眼金睛分辨日常细节),然后,就看着我,我几乎要说就像男子汉大丈夫那样看着我,但是——请原谅我咯咯大笑——我认为我俩谁也不够格。况且我觉得我也不想去,因为你得参加严格的口试、医疗检查、近战训练,还有补牙的种种风险。我可以听到篝火边的欢声笑语,感受湿毛巾的轻柔拂动。不,我希望你能原谅我。这是我妈给我的留言。她从不希望我长大,不希望我成为一个男子汉。

"让我们从头开始,"他说,"你认为自己是何许人也?"

我的朋友搜肠刮肚,确实问出了一个哲学上的永恒难题,难道不是吗？不过，这一问题确实值得回答。"一个没有合理理由存在的人。"我用法语答道。啊，那古老诗人的智慧啊。彻里布姆先生一脸茫然。"一个没有合理理由存在的人。"

"也许正是这样，"斯图尔特说，"我们谁也不知道为什么来到这尘世。但这不能成为我们不履行使命的借口，是吗？"

我解释说，这恰恰是不履行使命的缘由，是对懒散倦怠、怏怏不乐、忧郁症——随你怎么称呼——的无可反驳的辩解。我们中有些人来到这尘世，觉得自己被命运抛却。而另外一些人——本人留给你自己去猜测吧——立马拿出小包，灌满水壶，检查肯德尔薄荷蛋糕是否充足，然后阔步走向见到的第一条小径。尽管他们对这条路通向何方一无所知，但仍坚信自己在"履行使命"，坚信穿一条防水裤就足以抵御地震、猛兽和森林大火。

"你看，你得有个目标啊。"

"嗯。"

"有个志向。"

"嗯。"

"那么，你觉得你的志向是什么呢？"

我叹了口气。怎样才能把蠢蠢欲动的艺术禀赋转化成职业规划？我盯视着斯图宝宝的小麦啤酒，仿佛在凝视一颗水晶球。那好吧。"诺贝尔奖。"我说。

"看来你还任重道远啊。"

有时候，斯图尔特倒还真能一针见血，你不赞同吗？他那化瘀发黑的左手拇指证明了他更为惯常的目标,可是偶尔,斯图尔特,偶尔……

斯图尔特:

我有时会开始罗列罪名。**"骗子""寄生虫""偷妻犯"** 等词就浮现在我脑海。接踵而至的是**"狂妄的大傻帽"**。我突然刹车。我绝不能让奥利弗激怒我,尤其是在他不知不觉地这么做的时候。有些情感毫无意义、无处发泄。而正因为无处发泄,它们就可能失控。

我们做了一场非常理性的讨论,尽管这期间奥利弗不时地插科打诨。我对玩笑置之不理,因为我所做的无非是为了他们的两个女儿。当然还有吉莉安。所以,奥利弗想什么、说什么真的都不重要。只要他所做的一切对孩子和吉莉安好就行。

从周一开始,奥利弗将出任我的运输协调员。这是一个我专门为他新设的职位。也许他得把某些其他抱负暂时搁置一边了,但我觉得有份合适的工作会帮助他成长。而那样转而可以助他实现他的其他抱负。

奥利弗:

很久以前,在那梦想王国,当世界还很年轻,我们也一道年轻时;当我们激情澎湃,热血沸腾,仿佛明天不再时;当斯图尔特和奥利弗瞬时觉得自己就像罗兰和奥利弗[1]，让半个伦敦邮政区都回荡着圆木棒击打胸铠的铿锵声时，上述英雄，即奥利弗，向……呃，假如实话实说，向你吐露下列日常思考。而必须实话实说，尽管根据我的菜单，为了做出可口的饭菜，全粒芥末酱、若干辛辣饰菜和少许美味配菜必不可少。其时，我向你坦承，本人对当时的乱局提出如下决议：

斯图尔特得下台。奥利弗得上台。谁都不须受到伤害。吉莉安和奥利弗务必从此过上幸福的生活。斯图尔特必须成为他们的挚友。非那样不可。你觉得我的成功概率有多高？像大象眼睛一样高吗？

从你当时的表情——满脸狐疑，甚至紧绷着脸——我可以看出，你断定这只是一幅臆想的图景，一出逼真的轻歌剧。可是，我难道就没有像住在特朗尼索斯柱上的苦行者圣西蒙一样高瞻远瞩吗？正如我所说，唉，难道它就没发生吗，你这不诚心的人？

据说，当禁欲主义者圣西蒙隐士"感到平行逃离世界无望时，便企图纵向逃离"。起初，他居住的石柱并不比鸟食台高，但年复一年地，他往天国方向建造，把它建得越来越高，直到这一向上移动的家高达六十英尺，而且在上面修筑了平台

---

[1] 罗兰和奥利弗：法国传说故事中的骑士，查理曼大帝十二骑士中的两名。

和栏杆。此时，他的人生似乎面临一大悖论：他越是远离坚实的土地，就越有智慧，于是越来越多的人前来向他寻求指点和慰藉。一个充满智慧和获取智慧的美丽寓言，难道不是吗？只有你远离世界时，才能把世界看得清楚。象牙塔已惨遭诽谤，无疑是由其奢华的外表所致。你离开这世界是为了理解这世界，遁入知识之中。

从根本上说，这就是几十年来我一直跟父母唱对台戏，不听苦口婆心的劝告或耳提面命的建议，反对找份正经工作的缘由。可现在——老天爷啊，老天爷——货车司机圣西蒙。

我告诉斯图尔特，我希望薪水由现金支付。我竟然是个对未来有所规划的人，他显然对我刮目相看。他微微一笑，伸出他的手。也许说了句："把它放在那儿，兄弟。"也许他心照不宣地对我使了个眼色。至少，他让我觉得自己就像是一名共济会成员。或者，更确切地说，就像一个冒充共济会成员的人。

第十二章
欲望

斯图尔特：

你不开口要就得不到东西。

同样，你没欲望也得不到东西。

这是另一个不同之处。我年轻的时候，别人给我什么，我就拿什么，安之若素。生活好像本应如此。在我心中，冥冥之中应该有种公正的系统在安排着一切，但其实没有。或者说，就算有的话，也不是为我这样的人准备的。很可能也不是为你这样的人。别人给什么，我们就得什么的话，我们得到的会很少，对吧？

而这都跟欲望有关，对不对？年轻的时候，有很多很多东西，我都假装，或者说是以为自己想要，仅仅是因为别人都这样。我无意倚老卖老，卖弄自己长者的智慧——好吧，也许有一点点——但是，现如今，我知道自己想要什么了，不会再在不想要的东西上面浪费时间。

如果你除了自己无所依靠，也没必要为别人的欲望操心，因为这也很浪费时间。

艾莉：

斯图尔特又不是园丁鸟。不好意思，只是我每次提到这个就想笑。

我问他："你打算把它挂在哪儿？"

他说："挂什么？"

"那幅画。"

"哪幅画？"

我看着他，不敢相信自己的耳朵。"我上周给你带回来的那幅，你付了现金的。"

"哦。我没打算把它挂起来。"他能看出来我在等着他给个解释，最后他确实给了我一个解释，"你可能已经注意到了，我不喜欢收集零零碎碎的东西。你喜欢那幅画吗？"

"我？才不呢，那是个垃圾货。"

"你说过吉莉安才会那么说呢。"

"呃，我盯着它看了有十五个小时，现在同意她的看法了。"斯图尔特看起来一点儿也没有因为我的态度而生气，"那你要我来清理这幅画，有什么'特别的原因'吗？"他没有立马回答我,所以我又略带讽刺地加了句"亨德森先生"。

"哦,其实是因为这样我就能见到你,然后跟你聊聊吉莉安和奥利弗的事情了。"

"没有人推荐过我?"

"没有。"

"你想要知道吉莉安和奥利弗的事情,为什么不自己问他们呢?你不是他们的老朋友吗?"

"这个有点尴尬。我想知道他们过得怎么样。真的。而不是他们口中自己的生活。"他看得出来我一点儿也不相信这个解释,"好吧,吉莉安是我前妻。"

"天哪。"我立马点了一根烟,"天哪。"

"没错。能不能给我也来一根?"

"你又不抽烟。"

"我是不抽,但我现在想来一根。"他点了一根"丝刻"烟,吸了一口,盯着它看,眼神中带着淡淡的失望,觉得烟好像根本解决不了眼前的问题。

"天哪,"我又重复了一遍,"唉,出了什么……你懂的,出了什么问题?"

"奥利弗。"

"天哪。"我都不知道该说什么了,"都有谁知道?"

"很显然,我和他俩。还有怀亚特夫人、你、几位多年未见的朋友、我的第二任妻子,也就是第二任前妻。女儿们还不知道呢。"

"天哪。"

他把整个事情都告诉我了,一五一十,直截了当,就好像念报纸上的新闻一样,而且还不是那些随随便便的过期报纸,是今天的报纸。

奥利弗:

我的第一桶金来了。即便这样,"第一桶金"这个主体里的第一个元素"桶"其实没有什么意义,因为根本就没有桶。所谓"工积"(我的苦力工友们都这么称呼"工资")不过是被塞到了我伸出的手中,好像西斯廷教堂里赐予圣物的神圣时刻。我明白自己的主要职责——朗塞瓦尔精神依然在我心中流淌——快步走到了55号。等我听到戴尔夫人拖着棉拖鞋慢吞吞走到门的那边时,我已经单膝跪地,一副赎罪的样子。她看着我,一脸的陌生,上、下、左、右地看,似乎一时没认出我来。

"11镑25便士,戴尔夫人。《圣经》教导我们,迟到总比没有好。"

她拿着钱,说了句"真是让我大吃一惊",就像迪亚吉列夫曾经对科克托说的那样,然后开始数。数着数着,钱就数到了她的衬裙口袋里,若隐若现。她干燥涂粉的双唇缓缓开启,然后,终于等到了对罪人奥利弗的赦免,我暗暗思忖。

"我要十年的利息,"她说,"连本带利。"说完就关上了门。

你说，人生是不是总是充满了华而不实的惊喜？谁能想到戴尔夫人是个大浑蛋？我一跳一跳地跳过她刚走过的路，就好像雪碧碰到了玛格丽特鸡尾酒。

她真应该嫁给我，难道你不这么认为？

不过我好像已经结婚了，不是吗？

吉莉安：

一直以来我都想教给女儿们一个道理，那就是有欲望并不见得是什么好事。当然，我不会这么跟她们说。事实上，我经常提都不提。孩子们自己体会到的教训才是最深刻的。

从苏菲身上，我第一次近距离看到了小孩子的欲望之强烈，这让我非常震惊。没生孩子之前，我也注意到了这点，但只是略有所见而已。就是那种在店里，看到几个孩子缠着妈妈，一边挑东西一边嚷着"要这个"，而那位妈妈则会说"放下""今天不行""今天吃的薯片已经够多了"，或者偶尔会说"那好吧，把它放到篮子里吧"。我总觉得，这种时刻往往是力量的原始较量。过去我常以为在公共场合这样，父母的教育方法肯定有问题。当然，我这么想挺自负的，而且其实也蛮无知的。

然后我看见苏菲嚷着要这个要那个——在商店里，其他人家里，还有电视上的东西——其欲望之强烈，印象中我小时候是没有的。朋友的女儿有个猫头鹰毛绒玩具，没什么稀奇的，也没什么特别的，就是一个毡制的猫头鹰粘在挂杆上，像个鹦鹉一样。她就想要那个猫头鹰，做梦都想要，唠叨了好几个月。给她找个长得像的还不行，她就要**那个**，不管它是不是朋友的东西，是不是别人家的东西。我要由着她任性独断的话，她绝对是个彻头彻尾的独裁者。当然，要是奥利弗的话，哪怕她要天上的星星，他也会给她摘下来。

我觉得小孩子很容易养成这样一个习惯，他们会觉得说出自己的欲望是一种有趣且宝贵的表达个性的方式。我觉得这样要什么就给什么对于他们以后的人生没什么好处。世上的事情可不是这样的。想要的东西，可能根本没希望得到，这才是他们以后人生的常态，我们又怎么跟孩子们解释这点呢？又或者是相反的情况：得到以后才发现其实自己根本不想要，或者得到的东西根本不是你想象的那样。

玛丽：

想要一只猫咪。

怀亚特夫人：

我想要什么？好吧，鉴于我都是个老太婆了——不，别打断我——鉴于我都是个老太婆了，按照斯图尔特的说法，我只会多愁善感了。这是个褒义词吧，难道不是？我想要自己过得舒服些。我不再渴求爱情或性爱，我更想要一套做工精良的衣服和一双不硌脚的鞋垫；我想要一本文笔优美、结局美满的书；我想要与我尊敬的友人进行优雅、礼貌的对话。但整体上来说，我想的愿望都是为了别人许下的——为我的女儿和外孙女们。我想要这个世界对她们仁慈一点儿，不要像我和我那代人所经历的那样险恶。岁数越大，我要的却越来越少。你看，我确实只会多愁善感。

苏菲：
我想要非洲人有足够的食物；
我想要每个人都吃素食，不要再吃动物；
我想结婚，生十五个小孩。好吧，六个好了；
我想要马刺队赢得联赛、世界杯、欧洲杯以及其他所有比赛；
我想要一双新运动鞋，不过前提是我把现在这双穿破了；
我想要他们找到治愈癌症的药物；
我想要世界从此没有战争；
我想要考试考好点儿，然后进入圣玛丽女子学校；
我想要爸爸开车小心点儿，想要他不要再得抑郁症；
我想要妈妈更开心一点儿；
我想要玛丽养只猫，前提是妈妈愿意的话。

泰里：
我想要这样的男人，你了解他之后，会发现他跟你初见他时想的完全一样；

我想要这样的男人，说什么时候打电话就什么时候打，说几点回家就能几点回家；

我想要这样的男人，他能快乐地做自己；

我想要这样的男人，他就喜欢我这样的女人。

我这要求不算太过分，是吗？按照我朋友玛赛尔的说法，我这简直就是要星星，要月亮。有一次，我问她为什么我交往的那些男人好像平衡感都不太好，她告诉我说，泰里，那是因为从基因上讲，所有男人都跟石蟹是亲戚。

戈登：

我是戈登。没错，戈登·怀亚特，也就是吉莉安的父亲，抛弃玛丽·克里斯汀的卑鄙小人。平时没啥人来看我，是吧？当然，现在偶尔会有人来敲个门。过去都一去不复返啦。我都是当外祖父的人了，时光飞逝，让我觉得有点儿害怕。说不定哪天我的眼睛一闭就再也睁不开了，而第二位怀亚特太太也迟早会摘掉黑纱。现如今，大家都不戴黑纱了，是吧？我必须得说，现在的人，参加葬礼、追悼会什么的时候，穿的衣服真是让人诧异，即便那些特别注意场合的人穿得也好像要去面试似的。

我知道他们都是怎么说的，重要的是内心的感受，而不是外在的装扮。不好意思，但如果你心里都泪流成河了，却穿得像是要去赶集，我觉得不能接受。在我看来，你不过是在哗众取宠。

不好意思，有点跑题了。第二位怀亚特太太要是在的话，肯定早把我拉回来了。在信口开河这方面，我可谓是屡教不改。

综合考虑的话，我算是个幸运的王八蛋了。我心满意足了：孩子们都过得不错，还有三个漂亮的外孙，他们是我人生的骄傲。银行里的钱也够我养老了，但愿够吧。

与其说是我想要的，还不如说是我希望的。我希望能再见吉莉安一面，就算是张照片也比什么都没有要好。但第一位怀亚特太太多年前就筑起了柏林墙，而第二位则向来反对我联系她。她说联系与否得吉莉安说了算，说我这把年纪，已没权利再闯入她的生活了。我真想知道她现在过得怎么样。如今她应该已经四十出头了吧，我都不知道她有没有孩子，甚至不知道她是不是还活着。这个想法真可怕。不，我安慰自己说，要是出了什么大事，我前妻一定会找到我，看在过去的分上，在我伤口上撒把盐的。

听着，你不会碰巧身上正好有她的照片吧？你确定？不，我想那样应该算犯规吧。不管怎样，门响了，好像有人回来了。不要跟别人提这个，好吗？一般来说，第二位怀亚特太太不想知道。而我想过段平静日子，那比什么都重要。

戴尔夫人：

我想找人修好那大门，修好那门铃。我想要把那棵讨厌的智利南美杉砍掉，从来就没喜欢过它。

我想和丈夫团聚。卧室橱柜上摆着他的骨灰。我想把自己的骨灰和他的撒在一起，一起随风飘荡。

奥利弗：

> 我想要一位英雄：这是个不同寻常的愿望。
> 每年每月都会降临一位新的英雄，
> 直到伪善之徒挤满了报纸的各大版面，
> 时代才发现，原来他不是真正的英雄。

欲望即希望，亦是欠缺。因此，所缺即所想。真的就那么简单吗？或者，你可以想要你已得到的东西吗？诚然：你也许会渴望自己已拥有的东西能永葆魅力。而且，你也想要摒弃已有的东西——假如这样，所缺之物便是该物之缺失。我发现，这方面有时候还真是会交错、重叠。

顺便一提，我才不想要英雄。现在可不是英雄辈出的时候，甚至罗兰和奥利弗这两个名字现在听起来都像是两个秃顶的老保龄球手，在柔和的夕阳中对着闪闪发光的升降机蜷缩身体，右膝飞吻着橡胶垫，瞄准歪歪扭扭的木瓶。现如今，对大多数人而言，能成为自己生活的英雄就不错了，还想成为别人的英雄？有人曾说，对于他的贴身男仆来说，谁都称不上英雄。（谁说的？我猜应该是某个德国哲人吧。）不过我也没有贴身男仆。要是有的话，他肯定跟斯图尔特一个样。要想得到他的认可，我非得把水变成有机葡萄酒才行。

人们把"英雄"这个无味的幻象解读为人中典范。人们不再追求个性，而是崇尚分门别类。一位"体育英雄"（这个说法本来就很恶心，充满矛盾和反讽）宣称自己想要成为"年轻人"的"榜样"。换句话说，让年轻人一个个都变成克隆人那样。而在朗塞瓦尔时代，约翰尼·萨拉森邪恶的大砍刀划过欧洲柔软的下腹皮下脂肪时……令人浮想联翩，我们之前没有讨论过这个吗？我之前没有谈论过吗？

我想要记住我之前告诉过你的事情，但愿我知道我的记忆力缺了什么。啊哈！看吧，我刚刚说什么来着？

艾莉：

"你带安全套了吗？"我问了一句，我可能不该那么早问的。

他显得有点吃惊："没带。我可以出去买点。"

"听着，跟你说明一下，我一向都坚持用安全套的。"

有些男人不喜欢用安全套，所以这也算是一种考验吧。"其实吧，这是个双赢的事情。"他说道。

"什么意思？"

"我的意思是，这样一来，我们双方都没什么好担心的了。"

他能这么说还不错，起码我是这样想的。

走到门边时，他回过头来。"你需要些别的东西吗？洗发水、牙刷、磨牙带什么的？"

其实，斯图尔特比表面看起来要有趣多了。

怀亚特夫人：

我说的那些所谓的多愁善感、无欲无求、只为别人，你都信了吧？我来给你解释一下。老人很擅长应对年老，这是他们学到的一项技能。他们知道你们对他们的期待，你想要什么，他们就给你什么。我想要什么？我无时无刻不在苦苦追寻的就是青春再现，衰老本身比年轻时候的任何东西都更加令我讨厌。我想要爱，想要被人爱。我想要性爱，想要被人抱着，被人爱抚。我还想要做爱。我不想死，但又想在睡梦中突然死去。而不是像我母亲一样，被癌症折磨，疼痛难忍，高声尖叫。医生无法缓解她的痛苦，为她注射了吗啡，杀死了她，她才安静下来。我想让我女儿知道，我和她的不同之处远比她想象的要多得多，让她知道我永远爱她，但不一定什么时候都喜欢她。我也想让背叛我的丈夫受到惩罚。有时，我会去教堂祈祷。其实我不信教，但我祈祷上帝存在，祈祷我丈夫来生作为罪人受到惩罚。我想让他在我不相信存在的地狱里饱受火刑之苦。

所以你看，我也铁石心肠。你对于我们老年人的看法也太天真了。

第十三章
沙发腿

奥利弗：

斯图尔特有个理论。现在我给你几纳秒的时间想想这句话第一个和第四个词之间不恰当的组合，这种混搭是多么搞笑。

斯图尔特觉得应该允许农场里的动物出去闲逛，并且住在提供早餐的最好的酒店。给我来杯菲诺吧；斯图尔特觉得蔬菜不应该跟环法自行车手一样，浑身都是药物。给我来杯阿芒提拉多吧；斯图尔特觉得我们不应该折磨那些肉质柔嫩鲜美的小牛，让它们看到某个落魄的屠夫挥舞着电锯，意识到这可能是它们对我们这个忧伤的世界的最后一瞥。给我一杯欧罗索吧。

这些道德情愫激发了些许掌声，受这些掌声蛊惑，斯图尔特在异想天开，妄自揣测。一个由理论武装的英国人，哦，天哪，就跟在"裸城"爱德角穿了件花呢衫一样。斯图尔特，不要！

"但是不行啊,他们不情愿。他们一定要按照自己的意愿,同他们的邻居较量。"于是,斯图尔特,全身裹着六层涤纶织物,以狗刨式的姿势在那些裸体主义者中游过,嘴里还紧紧含着以下提议:人类本身应该有机化;城市居民跟忧心忡忡的小肥猪可能有亲戚关系;我们应该呼吸让人上瘾的纯净空气,离那些吓人的污染远远的,他自己巴不得用这些吓唬我们呢;我们应该把灌木丛里的果子都摘了,用弓箭赶走觅食的兔子,然后在湿润的苔藓地上过田园牧歌般的生活,就好像克劳德·洛兰笔下细腻、恬淡的风景画。

换句话说,他想要人类重新回到狩猎时代!但问题在于,哦,斯图尔特·卢斯提库斯,这正是我们花了几千年想要逃离的状态呀。游牧民族之所以是游牧民族,不是因为他们**喜欢**游牧,而是因为他们别无选择。当现代社会给了他们选择,看看他们会做出何等崇高的决定吧:越野车、自动步枪、电视,再加一瓶烈酒。跟我们没有什么不同!进一步说,如果我们真要以透视立体模型来展示有机化和工业化的农民,这两者里面,我这位瘦瘦的老友又更能代表哪个呢?所以说,毫无疑问,他的理论除了荒诞之外,用一个不那么专业的词来说,从他脑子里想出来,该死的,有点太过奢侈了。

斯图尔特:
倒不是说我想要他感谢我,只是觉得鄙视我就有点过了。

我就跟他这么说了。

他到我的办公室要钱。让我的助手琼把钱给他应该会好一点儿，工资就是琼负责的嘛。但不知什么原因，奥利弗坚持要直接来找我。好吧，这也没什么。他还说一些"老板，先生，头儿，我来拿工资"之类的话，他这么说要么是搞笑，要么就是觉得其他司机也这么说。当然，他们才不是那样。正常人都会在琼办公室门口探个头，问一句"现在方便吗"，要么就是"我是不是来早了"。但这倒没什么。

但是，奥利弗却喜欢在我工作的时候一屁股坐在椅子上嚼口香糖，这就不太好了。

奥利弗的货车前翼撞了个大坑，但他却没上报，说自己不知道那坑是怎么来的，这就不太好了。

奥利弗来我办公室时，喜欢敞着门，这样琼就能听到我俩说话，他可能想让琼觉得我俩很熟，但在外人看来，可能就别有意味了，这一点我觉得也不太好。顺便说一下，他在办公室并不受欢迎，所以我才派他跑长途。

他坐在那儿，货车钥匙挂在拇指上，在手掌里晃来晃去，然后开始慢腾腾地数钱，就好像我是全伦敦最不可信的老板似的。最后，他终于抬起头来看着我说："没有因为你帮吉莉安搭架子而扣我的工钱？"然后很蠢地给我使了个眼色。

可能我之前提过自己在他们家做了点儿手工活。我不干还有谁能干呢？

我起身关上门,然后站到办公桌后面。"听着,奥利弗,咱能不能统一一下,工作是工作,行吗?"

我这话说得理直气壮,说罢就伸手拿起了电话。我正在拨号的时候,他将手臂伸到桌子这边,掐了电话。"工作就是工作,是吗?"他的声音听起来很蠢,还带着冷嘲热讽的语调。然后他就开始胡扯a是不是永远都是a,a有时候能不能是b,你懂的,就是类似的这种。明明是胡扯,却还伪装成哲学。整个过程中,他握钥匙的拳头都在一开一合,不知怎的,正是这个举动让我最终失去了耐心。

"听着,奥利弗,我还有事呢,所以……"

"滚一边儿去,是吧?"

"没错,简而言之,就是这样,滚一边儿去,行吗?"

他站起来,面对着我,右手仍然一开一合的——看见钥匙了,又没了,又看见了,又没了——就好像电视上三流的魔术师一样。与此同时,他看起来好像故意想要表现得气势汹汹,却适得其反似的。而且,也显得更蠢了。我一点儿也不害怕,但却非常生气。

"你现在又不是在法国的小村子里。"我说。

这话让他一下子泄了气,几近崩溃。他面色苍白,直冒冷汗。"**她**告诉你了,"他说,"她告诉你了。那个……"

我不能让他侮辱吉莉安,于是抢先打断了他:"她没告诉我,我自己当时也在。"

153

"对,没错,除了你还有谁?"这问题,除了蠢到家之外,就只能让人感觉他就跟操场上的小学生差不多。

"没有其他人了,只有我。我都看见了。现在给我滚开,奥利弗。"

奥利弗:

有时候,不得不承认这样一个关键性的事实,即,大体而言,时代和大众所积累的智慧能带来的也就是床头灯的那点光明,就这还得再加几根蜡烛,不管是以什么样的形式展现出来,令人震惊的民间传说也好,荒诞不经的拟人动物传说也好,还是幸运饼干里的简短格言(谢天谢地那么短)也好。把两条陈词滥调糅合在一起,还是没法儿激发新的想法。把一沓格言警句编纂成册,也还是无法得到智慧之光。

集中注意力,奥利弗,集中注意力。**拜托**,把注意力集中在目前的情势上。

好吧,如果你非要坚持的话。目前的情势比较微妙,不过我们常说的一句道德劝诫在这里倒也适用:请勿迁怒于信使。不过,该死的,我可不认同。信使就是干这个的。不要跟我说什么那不是信使的错,那**就是**他的错:他把你一天的好心情都给毁了,难道不该负责吗?再说了,信使还不是一抓一大把,要不他们就不是信使了,就该是将军和政客了。

她知道吗?必须强调一点,这是问题的关键。我承认,十年前，我在公共场合动手打了美丽动人的吉莉安，从那之后，我就再也没有动过她一根毫毛。你应该也能记得，当时的情景还是很气人的。很长一段时间，**她**都特别惹人恼火——她操控人群的技巧一般很老到（你知道，只要一提到奥利弗的名字，各色人等就哗啦啦地组成了一个统一场）。在家庭治理上，吉莉安往往抱持审慎而耐心的态度。但在当时那场合，不行！当时，迫于空前绝后的激怒，我打了她。这一打，除了别的什么，把大块的道德高地都打没了。而斯图尔特却躲在附近某个昏暗的壁炉旁角落或腐臭熏天的鬼地方，至于具体在哪儿，他没跟我说。

又回到了那个问题：她知道这一切吗？我们都能听到彼此笑声的回音，是吧？没错，面对恒星脉冲星，夸克和阿米巴变形虫（或者随便什么）的结合——我的物理学得一直都不好——人类在宇宙进化发展的概率是十万亿分之一（既然说到这个，我数学学得也不好）。但要说斯图尔特跑到遥远的朗格多克村庄（到现在他都没听过这个地方），正好就在那一刻，在上述提及的宇宙历史中，看到奥利弗被气急了，对吉莉安动了手，还是他深感懊悔的唯一一次动手，你那聪明的本地书商估计会给出你跟上面同样的概率。

所以说一切都是她计划好的。她特意为他计划的。她做了那么多准备，演了一出戏，却让我一直带着内疚生活。

总会真相大白的，老家伙，是吧？就在那危急时刻，我听到你在喊，奥利弗还不是得倚仗人民大众积累的智慧，他不是会装吗，不是看不上人民大众的智慧吗？又错了，笨蛋。关键是，正如历史学家、哲学家、粗鄙政客以及其他一切有识之士所一致认为的，真相基本上是不会大白的。多数情况下真相都被包住了，直到有一天深入骨髓。这就是严酷的准则。不过在目前这样罕见的情况下（我也不想以偏概全），真相确实……

该你发球啦。

吉莉安：

斯图尔特一直在装架子。看起来玛丽还真是挺喜欢他的。他用钻孔机的时候，她都用手捂着耳朵大叫。斯图尔特让她帮忙递螺丝、罗威套管和一些其他的东西。要是双手腾不开，他就把东西叼在嘴里。他回头看她，嘴里叼着四颗螺丝，逗得她咧嘴直笑。

怀亚特夫人：

我给家里打了电话，是苏菲接的。

"外婆，你好，"她说，"你要跟斯图尔特说话吗？"

"我为什么要跟斯图尔特说话？"我问。

"他在装架子呢。"

我知道她还是个孩子，不过即便如此，她的回答也不是我听过的答案中最有逻辑的。可能是因为她受的英式教育吧。法国小孩肯定能明白什么叫作"为什么"。

"苏菲，我的架子都够用了。"唉，没人教，他们永远都学不会逻辑，是吧？

对方一阵沉默。我能听出来，她在一个劲儿地思考："妈妈出去了，爸爸到林肯郡挖胡萝卜去了。"

"让你妈妈回家后给我回电话。"

真是的。你们这些英国人呀。

斯图尔特：

我突然明白他们说的墙纸的意思了。不是真墙纸——事实上，最后一批住户在墙上全涂了油漆，所以除了原来挂海报的地方有胶带留下的小块黄色，整个墙面都是白的。

不对，我在厨房做晚饭呢——也不是什么复杂的大餐，就是蘑菇调味饭（我有个伙计，黎明时分就起来到了埃平森林，然后到上午，我们就能吃上他在店里买的东西了）。苏菲在桌子旁做作业，玛丽在"帮"她（姑且称为帮吧），我呢，在往锅里舀东西。突然，我眼角扫到了一只沙发腿。其实，称其为"腿"有点过了，说是"脚"也不完全对，更准确地说它应该是个木圆球，原来可能是个脚轮，不过⋯⋯

什么？吉莉安还在工作室呢。他们想早点儿要回一笔佣金，为了这事，她最近压力有点大。

而且不用说，沙发在我们当时买的时候就是二手的。我们的第一把沙发，我过去老叫它长椅，直到后来有人纠正我，不过这倒不是说我介意被纠正。当时，吉莉安做了几个新沙发套，我记得是黄色的布料，很活泼。现在，沙发套成了深蓝色，也更加破旧不堪了，上面还堆满了孩子的东西，但那沙发脚（或者随便你想叫它什么）仍然还在，就在我的眼角里……

什么？哦，奥利弗还在林肯郡呢。胡萝卜、卷心菜……他也就这些东西不会搞砸了。对奥利弗我该怎么办呢？难道送他到摩洛哥摘些芒果回来？

我们过去常坐在沙发上一起看电视。

"稠啦。"玛丽说道，我的注意力也被拉了回来。

"谢谢你，玛丽，"我说，"你帮了大忙了。"饭都稠了，得好好搅搅，好好铲铲了。

我们过去常在沙发上一起看电视，就是我们新婚那几年。岁月无情，现在看来，那时的我们真是除了"新婚"，其他啥也没有。我们的电视是个老古董，连个遥控器都没有。所以我们就定了个规矩，不管谁想换台——只要对方同意——都得站起来去按按钮。我都是站起来，走到电视机旁换台，但吉莉安则会从沙发上滑出去，趴在地上去够控制板。她穿着灰色石磨水洗的501S牛仔裤、运动鞋和绿袜子。我倒不是说她只有绿袜子，但我记忆中她老是穿绿袜子。一般情况下，换完台后，她都会挂上倒挡，双膝跪地，然后向后重新弹回沙发上。但有时候，她偶尔会趴在地上看着屏幕，然后从地板上回过头来看着我，电视荧光反射在她脸上……这是她当时的模样，我一直记得。

"稠啦。"玛丽说。

"是啊,"我答道,"**太稠啦。**"

电话号码就是另外一回事了。毕竟它不过是一串数字的组合。而且自从我们住这儿开始,就有一个"020 8-"的前缀。但后七位数字还是原来的,一点儿也没变。谁能想到一串数字会引发痛苦呢?这痛苦如此强烈,而且每次都是。

泰里:

我住在海湾边的朋友有一种自己抓螃蟹的陷阱。他们用鱼头做诱饵,绑上绳子,在院子尽头的小码头上将它扔回水里去。他们把螃蟹拉起来给我看,有六七只,颜色都是惊人的**丝绸蓝**。有人问怎么区分公蟹和母蟹,然后就有人据此开了个玩笑,你懂的,但比尔说:"这些全都是公的。"很显然,母蟹的钳子是粉色的。又有人说:"嗨,男孩穿蓝色,女孩穿粉色。"但我还是很好奇。

"为什么这里面只有公蟹呢?"我问道。

"很正常,"比尔说,"母蟹都太聪明了,不会被抓住的。"

我们都笑了,不过我朋友玛赛尔说了:有没有想起啥?

奥利弗:

我驾着车,载着满满的胡萝卜和白菜缓缓南下,前往斯坦福德的时候,一个念头,一个真切的念头,掠过了脑海。

你应该已经注意到了——你怎么可能没注意到呢——那就是斯图尔特现在变得招摇而爱出风头了。不，情况更糟——招摇而爱出风头都不足以形容了——简直就是个自大狂。量身定制的西装、BMW、锻炼计划、法西斯式发型、纵论社会政治经济事务、那天真可笑的想法、自以为是的标杆心理，还有那土豪式的花钱方式——都是因为那该死的钱，换句话说，都是该死的钱惹的祸。

我就只有一个问题：我们的斯图尔特大导演是不是幻想自己在排演《乌龟的复仇》呢？短剧的结尾是不是《被超越者的寓言》？他精心打扮、招摇过市、出尽风头就是因为这个吗？是因为他觉得自己在某种意义上已赢了？如果真是这样，让我来告诉你——也告诉他：我花时间调查了大量的神话故事，我们这个柔弱的民族花了千年的时间来收集这些神话，就是为了从中获取安慰和启迪。那些不吸食神话来麻醉自己就没法儿抵达曲径尽头的人，我给你们些建议吧。我的忠告是：继续做梦吧。猪是不会飞的；石头从巨人歌利亚的头盔上弹了回来，然后他很快把大卫当早餐吃了；狐狸很轻松地用电锯割断了葡萄藤，弄到了葡萄；耶稣也没有和圣父住在一起。

突然，我猛地驶向岔道，与高速公路上那些轻信他人者打成一片，决定用文学理论来消磨这无聊的路程。你们都坐好了吗？

现实主义：兔子比乌龟跑得快，快得多，而且也更聪明。所以兔子赢了，甩了乌龟十万八千里。好吧？

伤感浪漫主义：自大的兔子在路边打起了盹儿，而正直、诚实的乌龟一步步挪到了终点线。

超现实主义（或者叫广告词）：小乌龟，穿着旱冰鞋，背着轻便的黑背包，戴着墨镜，毫不费力地滑行向前，而被超过的小兔兔还穿着平底鞋，拖着小短尾往前挪。

书信集：亲爱的茸毛毛，你为什么不"兔"击向前，然后在篱笆边等着我？一有机会溜走，我马上就去那儿。你说他们应该没有察觉到我们吧？你的"雪莉"。

PC儿童读物（由前嬉皮士撰写）：兔子和乌龟，看透了社会和政治机构想要煽动公开竞争的用心后，放弃了比赛，在一个帐篷里过上了平和的生活，并拒绝一切媒体采访。

打油诗：有只老龟，名曰斯图/ 行事风格，打油无误/ 贪图舒适，娇生惯养/ 没有大脑，就会点头/ 动物园里，傻蛋一副。

后现代主义：本故事纯属作者虚构。兔子和乌龟其实都不"存在"，纯粹是虚构出来的。希望你明白这一点。

诸如此类。现在你能看出我们大导演的温情小神话剧《乌龟的复仇》的问题在哪儿了吧？问题在于：它从未发生过。世界早已建构成如此，不可能允许有别的版本。现实主义是我们的前提，是我们唯一的模式，尽管对某些人来说是**悲哀**的真理。

第十四章
爱,以及其他

吉莉安:

每天早晨,女儿们去上学的时候,我都会吻她们,对她们说:"我爱你们。"我这么说,是因为我是真的爱她们,是因为她们应该听到并且明白这份爱。我这么说,也是因为这句话有神奇的魔力,有抵御这个世界的魔力。

我最后一次对奥利弗说这句话是什么时候?我想不起来了。过了几年后,我们渐渐习惯不说"我"了。我们之间,一个说"爱你",另一个就会说"也爱你"。这一点儿也不奇怪,也不异常,但有一天,我突然想道:这是否真的无关紧要?没有了"我",仿佛你再也不对这份情感负责了;没有了"我",仿佛这份爱不知怎的就变得更加宽泛,不那么专注了。

好吧,我想答案就在这里,不是吗?是孩子们让我说出了

"我爱你"中的"我"。而"我"依旧爱着奥利弗吗？是的，"我"想是的，"我"觉得是的。你可以说我在经营着爱情。

你缔结婚姻，保护子女，维系爱情，经营人生。有时你会停下脚步，怀疑这一切是否真实。是你在经营人生，还是人生在经营你？

斯图尔特：

在一生中，我曾下过一些结论。我是个成年人，我的成年时光比青少年时光还要漫长。我已遍览世界。虽然我的结论也许不是无中生有的原创，但它们依旧是属于我的结论。

譬如，我对某些爱比较的人怀有戒心。在奥利弗给我留下较深刻印象的那些日子里，我常常想，他这般的狂热不仅证明他的描述能力比我强，而且他对世界的理解也比我深邃。他说记忆如同包裹寄存处，而爱就像自由市场。而某某人的表现就像某部你前所未闻的歌剧里某个你前所未闻的角色。现在，我认为这一切浮夸的比喻正是一种不关注事物本身、不观察世界的体现。它们不过是娱乐消遣而已。而这就是奥利弗不曾改变（发展、成长——你想怎么称呼都成）的原因所在。因为，只有通过观察这个世界本质的内在和外表，你才能成长。

我这么说，并不意味着你就喜欢你的所得，或者你的所得正是你的所欲。通常情况下并非如此。但奥利弗却能凭空想象出漂亮的景象，就像……

你知道那有多诱人吧？我刚才想说的是，那就像烟花什么的。而你可能会想：哦，是的，没错。不过，我敢打赌，你心中想的、脑子里记得的是烟花，而不是奥利弗这个人。如果现在是奥利弗在打这个比方，那么每个人都是形形色色的烟花——哦，斯图尔特，那个老家伙，他就像一根受潮的爆竹，呵呵——他的比喻一定会很逗，而且很……离谱。

我说过，你的所得并不一定是你的所欲。就拿爱情为例。它并不像我们原先所想的那样。大家同意吗？或许更好抑或更坏，更长久抑或更短暂，被高估抑或被低估，但跟原先想的不同。而且还因人而异。然而，爱，对你来说，到底是什么？这点你只能慢慢学习。你从中得到了多少，你会为它放弃什么，它如何生长，如何死亡。奥利弗从前有一套理论，他称之为"爱，以及其他"：换言之，世界上的人分为两类，一类认为爱即一切，除此之外的人生仅仅只是"其他"；另一类并不看重爱，他们认为人生最精彩的部分就在"其他"。这就是他偷走我妻子时宣扬的言论，我当时就觉得那是一派胡言，现在知道那是彻头彻尾的胡说八道，完全是他的自吹自擂。人根本不是那样划分的。

不仅如此。以前，你认为长大了就会爱上某个人，希望爱情一帆风顺，但若有差池，你就会爱上另一个人；如再有差池，则又会爱上第三个人。茫茫人海中，你总是以为你可以先找到这么些人，而他们又会让你去爱。你期望爱或者爱的能力总是在不远处等着你。我要说的是，爱的引擎不灭。你看到奥利弗那套说辞的诱惑力了吗？但我觉得爱情——还有人生——并不像那样。你没法让自己去爱谁，而且，依本人经验，你也没法让自己停止爱谁。其实，如果你想从爱的范畴来划分人，我倒建议可以这样划分：有些人有幸或不幸地可以爱好几个人，不管是一个接一个还是同时交错；而其他人有幸或不幸地一生只能爱一次。他们只爱一次，无论发生什么，这份爱不离不弃。有些人只能爱一次。我现在明白了，我就属于这样的人。

也许，这一切对吉莉安来说都是坏消息。

奥利弗：

"人生先是厌烦，后是恐惧？"不，我不这么认为。当然，有情感障碍者除外。

人生先是喜剧，后是悲剧？不，悲喜剧如同离心机中的油漆一样旋动。

人生先是喜剧，后是闹剧？

人生先是小饮浅尝，后是嗜酒成瘾、宿醉街头？

人生先是软毒品，后是硬毒品？先是软色情，后是硬色情？先是软心巧克力，后是硬心巧克力？

人生先是野花的清香，后是厕所芳香剂的气味？

该诗人认为，人生的三大要事是"出生、交配和死亡"，这是一种令我青春激扬的冷智慧。后来，我意识到"老负鼠"遗漏了某些其他重要时刻：抽第一支烟、看白雪覆上鲜花盛放的树、

165

去威尼斯、购物狂欢、全身心地去飞翔、去神游、猛踩油门——快得几乎甩掉了乘客们的脑袋、吃墨鱼烩饭、看《蔷薇骑士》三连幕中的第三幕、听到小不点的窃笑、抽第二支烟、在机场或者火车站见到那张期盼已久的面孔⋯⋯

抑或，出于据理力争而非装饰点缀，为何该诗人说"交配"而不说爱呢？也许，老负鼠比我想象的更内行——我对写传记一窍不通——但不妨想象，你在弥留之际反思从毫无意识地降生到无以评断地离世这段上帝赐予的短暂时光：假如你坚信人生的要务在于屏气凝息、袒露心灵，而不是一次又一次地行房交欢，即使颠鸾倒凤也不足为道，那么你是会自欺欺人，还是会据实相告？

这个世界污浊不堪。赞同吗？我不只是在指厕所芳香剂，事实上，这个世界很肮脏，比臭水沟还要肮脏。请允许我引用我曾经引用过的话："是污浊毁灭爱。还有法律、财产、财务困窘和警察国家。情形不同，爱也会不一样。"赞同吗？我倒不是说向一筹莫展的游客伸出援手的友好伦敦警察会给爱构成现实威胁，而是做泛泛之论。赞同吗？在树木茂盛、民主开化、年收入达六位数的郊区中的爱，与斯大林时代监狱里的爱是迥然不同的。

爱，以及其他。一直以来，那便是我的准则、我的理念、我的灼见。我恍然大悟，就像婴儿熟悉妈妈的笑容，就像羽翼丰满的小鸭喜欢戏水，就像导火索引燃炸弹。我一直了解这套理论，比我能说出名字的一些人更早地达到那一境界——早了大半辈子。

"财务困窘"。是的，它的确能把人拖垮，不是吗？我把那方面的事儿留给了吉莉安管，但我自己也曾经被钱搞得焦头烂额。你觉得当地警局，亲民慈善的那种，该发放爱情津贴吗？我国有家庭津贴、丧葬补助，那为什么不能给情侣们发津贴呢？难道国家的存在意义不就是促进人们追求幸福吗？在我的人生字典里，幸福与生命或自由同等重要。为什么呢？因为我明白它们是同义词。爱是我的生命，是我的自由。

还有一大论据，是针对官僚们的。幸福的人比不幸福的人更健康。让人们快乐点儿，你就可以减轻国民保健体制的负担。不妨想象这样的头条新闻：《人们幸福感爆棚，护士全薪返家休假》。哦，我知道有时候疾病无情来袭。但别吹毛求疵，尽情憧憬吧。

你没指望我举出具体个案，是吧？确切地说，是奥利弗·拉塞尔夫妇的个案。并不是说我们也是这样的。奥利弗·拉塞尔先生和吉莉安·怀亚特女士，这是那位长脓疱的邮递员、油滑的酒店接待员和那该死的、锱铢必较的征税员眼中的我们。你不想我**细**说此事，对吗？那是斯图尔特会干的事。你必须得让这儿的某个人振翅翱翔，而斯图尔特只能在尺寸之地翱翔，像空中的一台机动割草机一样吱嘎作响。

另一个不去细说的原因是近来发生的事，还有近来的新发现。真的，我**在**努力不去想它们。

怀亚特夫人：

爱和婚姻。盎格鲁－撒克逊人历来坚信自己因爱而结婚，而法国人则是为孩子、为家庭、为社会地位、为事业而结婚。不，等一等，我不过是在重复某个你们自己的专家所写的话。她——此专家是位女性——将她的生活分为两个世界，而她只是在观察，而非判断，起码一开始是如此。她说，在盎格鲁－撒克逊人看来，婚姻以爱情为基础，这是很荒谬的，因为爱是狂放无常的，激情注定会消亡，因此那绝不是婚姻的稳固基础。恰恰相反，她说，我们法国人则是为了家庭、财产这些明智而理性的理由而结婚，因为和你们不同，我们认识到这样一个不可忽视的事实：爱是无法纳入婚姻的构架中的。因此，我们历来确保爱情只存在于婚姻之外。当然，那也不是尽善尽美的，其实，在某种程度上，它同样荒谬无稽。然而，也许这荒谬中透着更多的理性。这两种解决方案都不理想，都无法通往幸福。她，你们的这位专家，是个睿智的女人，因而也是个悲观主义者。

我不知道为什么多年前斯图尔特选择告诉你我有艳遇。我是悄悄告诉他的，但他却在你们国家大肆声张。算了，那时他婚姻破裂，日子也很难过，所以我也许原谅了他吧。

但既然你知道了，我就向你透露一点点。他——艾伦——是个英国人，已婚，我们都……不，那是我的秘密。他结婚已经……呃，好多年了。一开始只是性而已。你惊讶么？历来如此，无论谁怎么说。噢，就想结束孤独、分享兴趣、相互交流，但的确是关乎性而已。他说，跟他妻子做爱这么多年后，就好像行驶在一条无比熟悉的高速公路上，你对一路上的每个弯道和标志都了如指掌。我并不觉得这个比喻很洒脱。不过我们当初都赞成只对彼此说实话，正如情人间司空见惯的那样，傲慢中透着天真。毕竟，我们每次都得说那么多的谎话才能相见。而我树立了榜样。我告诉他，我不打算再婚，也不打算和另一个男人一起生活。这并不意味着我不打算再恋爱，但是——呃，我已经解释过了。说实在的，在那件……事情发生的时候，我已渐渐爱上了他。

他来这儿度周末，住在二十英里外的地方。那一周我很忙，所以他来的时候，我说我们得去采购些必需品。我们开车去了韦特罗斯超市，停好车，弄了辆手推车，聊起晚上我烧什么，把推车塞得满满的，我拿了各种各样他不在时我需要的东西，用我的超市卡付了款。一回到车里，我就发现他突然很郁闷。我起初没问他怎么回事，想先看看他要做什么——毕竟，是他在郁闷而不是我。而他豪情满怀，因为他也开始爱上了我，而这时英雄主义就应运而生了。我的意思是，与个性做斗争的英雄主义。

我们度过了一个愉快的周末，末了我问他，那天在超市他为什么突然很沮丧。他的脸又阴沉了下来，说：" 我老婆也用韦特罗斯卡付账。"那一刻，我才恍然大悟，明白这段感情已无疾而终。当然，这不光是一张卡的事，还与停车场、手推车、周五晚超市里熙熙攘攘的购物者有关。事实是——可怕的事实是，你的新情人和你的妻子一样,也需要一卷卷的洗碗巾。即使两条路相隔二十英里,他还是走上了同样的老路。他也许想到,跟我在一起后要不了多久,他又将行驶在那条再熟悉不过的高速公路上。

我没有责怪他。我们只是对爱有不同的想法而已。我可以享受每一天、每个周末、每段突然降临的时光。我知道爱是脆弱的、善变的,它转瞬即逝、无章可循,所以我给予爱完全的空间,允许它拥有自己的帝国。他知道,或者至少他不能够说服自己,爱并不是一道魔术,或者说不是唯一的魔术,而是一段旅程的开始,这旅程迟早会通往一张韦特罗斯卡。这是他唯一能想到的路,尽管我告诉他我不想再和任何人同居或结婚。所以,幸运的是,某种程度上,他及早发现了这一点,而没有为时已晚。

他回到了妻子身边。我这么说并不是因为我自夸品德高尚——他回去之后甚至可能更幸福。他已经吸取了洗碗巾的教训。你怎么看?如今,拉封丹寓言就在超市里上演。

戴尔太太:

什么?大声点!我是一名工党党员,这就是你想知道的吗?我一直都是。我丈夫生前也是。四十年啊,从无二心。我已准备跟他会合去了。你是在卖什么东西吗?我什么都不要,我不会让你进屋的。我在报纸上读到过像你这样的人,那就是我把水电表装在外墙上的原因。你赶紧走吧,无论你想干什么。现在我要关门了。我是一名工党党员,如果你想知道的话。但如果你想要我的选票，那就得派辆车来。车子就是我的双腿。好了，现在我要关门了。不管是什么，我才不要呢。谢谢。

泰里：

你知道吗，当你坠入爱河时，仿佛一切都别出心裁。他们用的词儿，他们在床上搂抱你的样子，他们开车的姿势……你就想，从前可从来没有人像这样跟我交谈过、做爱过，或者开车出游过呀。当然，除非你才12岁左右，否则就很可能有过这样的经历，只是你先前从未注意到，或者已经忘记了而已。所以，如果真有什么你先前从未听说过或做过的事，不管多么微不足道，那都会显得格外别致、新颖，可以让你大呼小叫，唉，两人在一起多好呀。

比如说吧，我先前有一块米老鼠手表——我知道这听上去……不知怎么说才好——不管怎么说，我的确有这么块表。我从未戴着它去上班，因为，如果你在一家法国餐馆看到女老板戴着一只米老鼠手表，你会怎么想？你会以为我们厨房有只小狗布鲁托在做果冻什么的，是吧？所以我把这只手表放在家里的床边，只有在周日餐馆关门时才会戴它。斯图尔特搬来跟我住以后，我注意到的第一件事就是，他一醒来就总能准确地知道那天是星期几，哪怕他还处在半睡半醒状态。而我之所以知道他知道那天是周日，是因为每当他翻身环抱我，把头贴在我的后背时，他就会问："米奇说几点了？"我看了看表，说："米奇说是九点二十分。"诸如此类的。

你觉得尴尬吗?这点点滴滴,我想想都会哭。因为他是个英国人,他会用各种各样我不明白的小短语,而就像我说的,它们听上去格外新颖。他的一部分,我们俩的一部分。他会说"鲍勃是你叔叔""我只是来喝杯啤酒"和"想知道布丁的味道,只有亲自品尝"。

他第一次那么说的时候,我还以为他是在谈论餐馆,谈论某个还未出锅的甜点。你仔细一想,就会发现那用语怪怪的,因为不仅判断一道甜点好不好吃的唯一方法是尝一尝,肋条牛肉或奶油炖牡蛎也一样。所以这不过是陈词滥调,而且,很显然,那甚至不值一提。可是,等到我仔细琢磨的时候,却为时已晚了,这话语已经流行起来,成了我们的一部分。而事实上我们开了家餐馆,这句短语在私下里就成了个笑话。与别人在一起的时候,斯图尔特会低声对我说:"想知道布丁的味道……"

好吧,你那布丁的味道,前夫,你那该死的布丁的味道。我跟好几个男人幽会过,而眼下也在跟某人约会,所以呢,我不只是在针对你,斯图尔特·休斯,但如果你有代入感,那我也理解。恋爱时,有些人撒谎,有些人说实话,而有些人两者兼备,说些诚实的谎言,我们大多如此。我们会说:"是呀,我喜欢爵士乐。"而真实的意思是:"跟你在一起的话,我就会喜欢它。"爱理应改变你的人生——对吧?所以,如果说了你不太确定的事,那就是诚实的谎言。归根结底是指"我想让你怀上我的孩子"。

而归根结底你就是这么做的，难道不是吗，斯图尔特？你那该死的布丁的味道，前夫先生。拿出照片来，我把话撂在这里，拿出照片。某些谎言比其他谎言更诚实。

艾莉：

听着，我并不是在抱怨，但如果你真的想知道的话，情况是这样的。

我23岁，快24岁了，在人生三分之一的时间里，我就是那些调查中所谓的性活跃分子。是，是的，15岁，我知道，违法什么的。但这也很正常。而且，假如我数一下的话——我可没数——我敢打赌，我搞过的男生比我妈一辈子搞过的都要多得多，事实的确如此。我曾经和他们中的一个同居过，所以我有认认真真地恋爱过。我和一个已婚男人处过一段时间，也还行，但除了他比别人更会撒谎之外，并没有什么不同。而且——还有什么——我上过大学，找了份工作，周游列国，尝过毒品，拥有了选举权，想怎么穿就怎么穿，一年多没见过我的人就会说，嘿，艾莉，你现在真的很**成熟**了嘛。

不过我倒没觉得。当我环顾周围的成熟人士，比如说，像吉莉安这样的人时，我可没觉得自己成熟。我感觉自己嫩得不得了，如果你真的想知道的话，简直就像个骗子，就好像随时会有人对我指指点点，说我愚昧无知，说我是冒牌货，说我在心理和情感上只有12岁，而我知道我一定会赞同。我无法想象他人认为我已经成熟了。

刚才我说的那个已婚男人并不是指斯图尔特。我的意思是，我还没算上他呢。

另一方面，你看一下成年人，就会发现他们大多搞得乱七八糟的。我10岁时，父母离婚了。我至少一半的朋友父母也都离婚了。他们总是说："哦，艾莉，这不是失败，你绝不能那么想之类的。我们分手，只是因为我们比**我们的**父母诚实得多。即使无聊得要死，彼此憎恶得要命，但仅仅碍于社会传统观念，他们还是继续凑合着过日子。所以难道你就看不出来吗？这样做更诚实，而且从长远来看，长痛不如短痛。"他们总是说着诸如此类的话，可事实上，他们的意思只有一个：我勾搭上了另一个人。

或者，不妨看看范例。譬如吉莉安和奥利弗，我并不看好他们那段婚姻。还有**斯图尔特**：他的两段婚姻加起来仅仅只有五年多的时光吧？甚至怀亚特老夫人——她最终还是孤单一人啊。

人总会犯错。确实，我赞同。只不过，看看那些比我年长的人，他们不是离婚了就是有了婚外恋，我可不想有那样的纠葛。是的，既然你问起这个问题，我不得不说自己是挺苛刻的。专家、法律人士和电视上的人说："我们必须把过错这一概念从关系破裂中剥离开来。"当你听到这样的话语时，我就想：哦，不，我们可不该这样，我们该把它放回去才对呀。每人都犯错，所以谁都没错，那就是他们的论调，不是吗？我可不这么想，我可不这么想。

我想知道的就是这个。总之，我认识的大部分成年人好像都搞得乱七八糟的。难道这就是你们所谓的成熟吗？那样的话，我想我就不劳您费心了。

附言：关于吉莉安。我当然钦慕她。她工作很在行，生活经营得有声有色，我绝对甘拜下风。我也喜欢她。只是……呃，我们在工作室时，她就机灵得可以一眼识别出客户带来的画是赝品。

那么，她跟奥利弗又是在搞什么名堂呢？

斯图尔特：
初恋才是至爱。

奥利弗：
大爱才是至爱。

吉莉安：
真爱才是至爱。

斯图尔特：
我倒不是说你没法再爱一次。有些人可以，但有些人不行。但不管你行不行，初恋绝不可能复制。而且不管你行不行，初恋绝对难以释怀。第二次爱才会被释怀。初恋，绝不。

奥利弗：

别藐视我。那不是大情圣卡萨诺瓦的问答书，也不是乔瓦尼的辩护。斯达汉诺夫性爱运动只针对那些毫无想象力的人。我的意思是恰恰相反。我们需要拳拳大爱，因为可分配的爱寥寥无几，难道你没发现吗？

吉莉安：

真爱固若磐石，真爱细水长流，真爱忠实可靠，绝对不会让你失望。你觉得这听上去很无聊？我可不这么认为。我觉得这听起来无比浪漫。

斯图尔特：

附言：顺便问一句，是谁说过爱使我们变得更好，或者使我们表现得优雅？是谁说的？

斯图尔特：

再附言：我想再说一点，因为别人谁也没这么说过。曾有人说，恋爱使你更易坠入爱河。我只想说：这种吸引力还没有不恋爱的一半吸引力强。

斯图尔特：

再再附言：还有一件事。爱通往幸福。那是每个人都相信的，不是吗？那也曾是我多年前一直相信的。现在我再也不信了。

你看上去一脸惊讶。想想看吧，看看你自己的生活。爱通往幸福吗？得了吧。

第十五章
你知道是怎么回事吗？

泰里：

你知道，我和斯图尔特相处得很好。我们会为某些事情吵架，比如度假——他一点儿都不喜欢度假，我们度假的时候，他根本不会玩。在沙滩上，我从没见过有谁像斯图尔特那样备受煎熬。但他是个出手大方的人，乐意给我买东西，我们日子过得很不错，常有朋友登门拜访。我们本可以维持婚姻的——哎呀，关系比我们糟得多的人都守着婚姻，也没觉得有什么不对劲。

我猜，我们都觉得一切是去看心理医生当天那18分钟里露出苗头的。不过，对于个中原因，我们各执一词。而我们是不会去任何心理医生那儿解决**那**一分歧的。我们也不必在法庭上解决。我们俩都想离婚，也没孩子，正如我说的，斯图尔特很慷慨。干吗自找麻烦，非得像分财产那样把真相分得清清楚楚？我俩对真相的分歧就在那儿明摆着。像躺在洋底的一片垃圾。你知道的——你出去游泳，天气晴朗，海水清澈，心情愉快，可你看到的却只是海底这一摊生锈的垃圾，它成为了螃蟹的巢穴。那便是你能看到的一切。

斯图尔特：

泰里？你还在问我有关泰里的事？听好了，那都是我的老皇历了，都已过去了，了结了。告诉你吧：我会把它记录入档，然后封存不顾。如果你不信我，那也没关系。我只想说：我的事没得商量。

好吧，我们搬到了一起，开始同居，然后结婚，泰里最初不想要孩子，但那没关系。我们和睦相处，开开心心，优哉游哉。之后……呃，这么说吧。泰里不知为何开始对吉莉安耿耿于怀。大约在那个时候起，她也做出了决定——她跟我说得明明白白——她就是不想给我生孩子。唉，你能有什么办法？如果我们之中有一个需要看心理医生，那必定是她。然而，这问题是无解的。所以，这绝不会是我心目中的圆满婚姻。于是，我们分居了，后来就离婚了。这虽然很痛苦，但我们对婚姻各有所求，而一旦你意识到了这点，一切就走到了尽头，不是吗？就是这么回事。

泰里：

"我的事没得商量。"他真的**说**了这些？仅仅是我的观念，是我过于敏感呢，还是那听起来确实太冷酷了？商业条款也许是没得商量，斯图尔特，美国外交政策也许是没得商量，斯图尔特，但我们现在谈的是人际关系，还是你压根儿没注意到这点？

事实上，斯图尔特被他首任妻子深深地伤害了。他受到重创，想不到自己居然会遭受那样的损伤。她真的让他吃尽了苦头，蒙受了耻辱，自己却和他最好的朋友跑了。过了好久，斯图尔特才重新学会信任。事实上，跟我一起后，他的确重新学会了信任。事实上，你被某人狠心地甩了并不意味着你就不去想他们了。通常恰恰相反。就拿我们这档子事儿说吧，他对他们念念不忘。事实上，我们刚开始在一起的时候，斯图尔特是提起过孩子，我说我还没准备好呢，他说不要紧，我们以后日子还长着呢。事实上，直到我们那次去看心理医生却未能成行，一周之后他才再一次跟我提起孩子的事。

呃，以下所说并非事实，而是我自己审慎的观点，是本人某一天突然领悟的，我拥有的一切——我的每一种直觉、每一个脑细胞、每时每刻的观察、每一个审视过去的角度——都印证了这一观点。你还记得我曾经说过，一段感情开始时，人们会编造善意的谎言吗？斯图尔特就撒了一个谎，特别大的一个，他说："我想要你有我的孩子。"你知道为什么这是个谎言吗？因为真相是——我结了三年婚后才弄明白的真相是——斯图尔特想要的，他想要我有的，不是我自己的孩子，而是吉莉安的孩子。难道你不明白吗？

呵呵，斯图尔特，这**才**叫没得商量。

吉莉安：

你知道奥利弗怎么了吗？

他从林肯郡回来了，心情真的糟透了。苏菲奔向门口，随即我就听到奥利弗步履沉重地上楼的声音。苏菲跑回来说："爸爸发脾气了。"

人有七情六欲。你怎样应对这些变化莫测的心情？我可不是治疗师，而且，即使是治疗师也好不到哪儿去。所以，我能做的就是跟平时一模一样：平平常常，开开心心。而如果奥利弗不想了解我的一番苦意，那很遗憾，但他可以我行我素嘛。我不是那种——那个词儿怎么说来着——喜欢和丈夫对着干的人。如有必要，我会询问和倾听。如果他需要，我随叫随到。但另一方面，我既不是个保姆也不是个母亲——除了对我自己的孩子以外。

他下楼来的时候，我问他今天过得怎样。

"胡萝卜、韭菜、鸭子。"

我转而问交通状况。

"高速公路上懦夫、傻帽和骗子横行。"

于是，为了维护常态，我做了最后一搏。我带他去看斯图尔特搭的一个个架子。他看了很久——凑近看看，退后瞧瞧，仿佛置身于伦敦国家美术馆,用指关节敲敲木板,扭动身子看看这些架子是怎么装到墙上的,兴致之高堪与当年的斯图尔特比肩。这是典型的表演,比平常有过之而无不及。

"它们还没上漆。"我说,想打破寂静。

"我可从未发现。"

"斯图尔特觉得也许你想亲自给它们上漆。"

"斯图尔特真是个大好人。"

我不擅长应付这种对话,你可以想象的吧。年龄越大,我越希望人们直截了当。

"那么你觉得怎样,奥利弗?"

"**我觉得**怎样?"他岔开两腿,用拳头托住下巴,挠着脑袋,又摆出一副在国家美术馆参观的样子,"我觉得你们俩捣鼓在了一起,这是桩好事嘛。这就是我的想法。"

我撇下他,自顾自回房睡觉了。奥利弗睡在客房。这样的事时有发生。如果女儿察觉了,我们就哄她们说,爸爸要工作到很晚,他来睡觉时不想打扰妈妈。

斯图尔特:

我在院子里碰到了奥利弗。他立马放下一盘菊苣,开始打躬作揖起来。他将手帕的一角绕在指头上,其余部分几乎拍打在我脸上。显然这让我不由自主地被勾起了回忆。

"奥利弗,"我问,"你在演什么?"

"你的男仆。"他答。

"为什么？"

"啊哈！"他大嚷一声，皱起眉头，用手指轻轻拍了拍鼻子一侧，"请你牢记，没有哪个男仆会把主人当英雄。"

"那也许千真万确，"我说，"不过，鉴于如今其实谁也没有男仆了，我倒觉得刚才说的是一句过时的古训。"

奥利弗：

在蒙主拯救之前的那些日子里，我自甘堕落。我拖着大塑料箱子兜售茶巾和隔热手套，也曾为一家也许是地下的影碟租赁公司挨家挨户地跑腿，往信箱里塞小广告，包括我自己的信箱。这并没有像听上去那么糟糕。我发现，如果把五十或者更多份花哨的传单往自家的门口地毯上胡乱一堆，又能巧妙地隐藏这恶劣行径的话，那么户主们是不可能投诉的，而且我的负担还轻了不少。我曾经往自家排风口里塞了一沓"多余"的周二特别晚餐供应券，那家叫孟加拉之星的餐馆对他们的室内装潢和外卖服务（"美味咖喱，随点随到"）都同样自豪。第二天我就图了个便宜，和我"最佳的另一半"去了上述烛光晚宴，把我微不足道的薪水也搭上了。我记得，每点一单超过十英镑的菜，我们就可免费获得一盘纯素配菜。

毫无疑问，斯图尔特会说我在风险资本管理方面简直就像个小学生，还在上基础课程呢。可奇怪的是，我倒觉得自己更像是个生活没保障、被浑球大财主盘剥的挣钱奴隶。

事情起变化了，嗯？

吉莉安：

也许你会觉得这是背叛。奥利弗可能就这么认为的。但我的思绪突然闪回到了他刚得抑郁症那会儿。我忍不住拿起话筒，给在上班的斯图尔特打了个电话，说我担心奥利弗劳累过度了。电话那头先是一阵沉默，接着响起一阵出人意料的刺耳大笑，之后又是一阵沉默。最后，斯图尔特说："依我看，奥利弗觉得无论干什么工作都挺累人的。"他听上去好像真的很鄙视奥利弗，也很鄙视像个小媳妇似的为了老公的一点儿破事儿就给上司打电话的我。他听上去也像个上司，而不像是个老朋友——也不像前夫——而是个雇主和地主。然后，他突然打住，询问起女儿们的近况，一切又回到了正常。

也许我根本不适合应付这样一个抑郁症患者，但那也不是我的过错，是不是？

奥利弗：

顺带一提，男仆和英雄的说法，不是某个日耳曼圣贤，而是科尼埃尔夫人说的。听说过她吗？没有，我也没有。我查了一下。"一位因尖酸的机智而闻名的资产阶级女人。"书上说，"17世纪晚期，文人墨客蜂拥来到她的沙龙"。哇，但为什么还要铭记她呢？斯图尔特已宣告她的机智"过时"了。让我们抹去对她的记忆吧，让我们剔除语录词典里她唯一的一条引文："鉴于如今其实谁也没有男仆。"

艾莉：

我可不想"出人头地"。老爸老妈才这么说。

只不过，显而易见的是，我"没出息了"。当然，那也是老爸老妈才会说的。

享受当下，我遵嘱；尝试各种不同的事，我遵嘱；别作茧自缚，我遵嘱。你的青春只有一次，我知道；享受自由，我尽力而为。

所以，这都没什么大不了的。奥利弗想给我鼓劲的时候，我说了什么？我说我不喜欢离婚的中年人，也不喜欢二婚的人，他们并不是我的菜。

你瞧，我并没有爱上斯图尔特，也不大可能爱上他。我每周或每十天去他那儿一次。那儿现在还和刚开始一样光秃秃的，没有装修过。我们一般出去下馆子，来瓶上好的红酒。之后回公寓，我有时会留下过夜，有时我们会匆匆地亲热一下，然后我就走人，有时就什么都不做。明白吗？没什么。我们的关系并不是很好。

不过我知道，假如对此**很**上心，真的很上心，我就会受到伤害。一想到这点，我就真的烦得不得了。我应该开心才对，是不是？可我一点儿都不开心。我真的对他烦透了。

你知道是怎么回事吗？我的意思是，在我看来，那好像是明摆着的。怎么说好呢……呃，他的公寓，除了成堆的衬衫和成堆待洗的餐具之外一片空荡，而空荡的原因之一是，他老是在圣邓斯坦路一带搭他的架子和其他玩意儿。

大人们都不是好东西，对不对？

苏菲：

妈妈最近真的很奇怪。就像我说的，常在窗口眺望，都忘了我周二要上音乐课。我想她是在担心爸爸，害怕他会又一次消沉下去。

我想逗她开心，于是说："妈，万一爸有个不测，你还可以嫁给斯图尔特嘛。"嘿，这听上去蛮有道理的，因为他有很多很多钱，而我们向来什么都买不起。

妈妈只是看了我一眼，然后就跑出了房间。过了一会儿，她回来了，看得出刚才她一直在哭。她的脸上挂着一副"咱们好好聊聊"的严肃表情。

她跟我讲了一件以前从没跟我提起过的事：在嫁给爸爸之前，她和斯图尔特是夫妻。

听罢，我想了想，说："你为什么不早告诉我？"

"呃，我们想等你问起的时候再告诉你。"

那不是真正的答案，是吧？就像，打个比方，我不可能问：啊，妈妈，爸爸以前是不是娶过戴安娜王妃呀？现在我知道我得开口问，他们才会告诉我。

我又想了想。事情好像真的明朗起来了："这么说来，你想告诉我斯图尔特才是我的亲生父亲？"

你猜怎么着？她哭得更凶了。她紧紧地抱住我，说那绝对不是真的。你能想象我妈说"绝对不是真的"的模样吗？

为什么她之前没告诉我斯图尔特曾和她结过婚——除非另有隐情。除此之外，她还有什么没有告诉我的呢？

她让我不要告诉玛丽。也许他们也在等着玛丽开口问呢。

"好吧，"我说，想显得通情达理一点儿，"我想你随时可以再嫁给他。"

妈吩咐我也不要对其他任何人讲这件事。

不过，我曾经**确实**问过。难道不记得了吗？那天晚上爸爸烂醉如泥地回来。我问斯图尔特是谁，妈妈说他只是个熟人。他们明明那时就可以告诉我的，不是吗？

斯图尔特：

现在的报纸不是总爱报道一些可怕的故事吗？你有没有看过几周前那则讲述很久以前某个人在儿童福利院被虐待的报道？背信弃义太可恶了，不是吗？时光流逝，而情况一点儿也没有好转。这小孩长大了，想竭力忘记，却怎么也忘不了，二十年之后终于找到了那位对他……对他施以暴行的护工——那伙计已经六十多岁了，可以说他们的角色倒转了过来：如今他只能被强者随意摆布，就像多年以前的那个男孩一样。

于是他结识了那位虐待他的老家伙，带他去兜风，把他推下了悬崖。哦，不，那听上去太不带劲了。他先让老家伙祈祷。这就逗了，是不是？他让那家伙跪下来祈祷。后来，他告诉警察，如果那老家伙为他的受害者祈祷，他说不定就会放他一条生路，可那东西只为自己祈祷。于是他一把将他拽了起来，拖到崖顶，一脚把他踹了下去。他就是那么说的，一脚踹了下去。他告诉警察，他可以带他们去看那老头儿试图抓住崖顶时留下的划痕。警察没能找到人皮或毛发。不，不对。毛发他们倒确实找到了，就在悬崖腰上。一条球队围巾上沾着几根灰色毛发。那是一条朴次茅斯的围巾，我会永远记得。蓝白相间。朴次茅斯。

这是个可怕的故事，是不是？而更可怕的是，当你想到谋杀者也许觉得自己伸张了正义呢。总之，那老头儿还罪不至死。总之，他或许觉得年轻人会轻易地放过他。

另外，我还记得，他告诉警察，他对事后自己竟如此镇定感到非常惊讶。他说自己回到家，泡了杯茶，美美地睡了个好觉。

奥利弗：

还有一件事。彻里布姆先生的精神境界。我审视、凝思：那正是我们所需要的，是衡量我们精神境界的标杆。"将它置于人类心灵之上/注视缸里的泡沫/透过沉沉浮浮揭示/你是庄重还是欢快。"

第十六章
你宁愿……？

奥利弗：

你知道一个叫作"你宁愿"的游戏吗？你是宁愿整整一个礼拜都被淤泥掩埋至脖颈，还是对《新世界交响曲》的所有录制版本作一一比较？你是宁愿赤身裸体，头顶菠萝，漫步于牛津街头，还是与皇室成员结亲联姻？

这里还有一个选题给你，一个来自现实生活中的选题。你宁愿你的抑郁症是内源性的，还是应激性的？生活自有其令人苦痛与悲戚之处，你对这些的感知却粗鄙而又麻木，你宁愿这是基因遗传的错误，是你看见列在家谱里，所有那些郁郁寡欢、牢骚满腹的先人们的错误，还是愿意它是因这世界而起，因那些"生存事件"而起？"生存事件"这个戏谑的名词来自"猜来猜去的人"，它似乎作为一种与"死亡事件"相应而又相异的类别同样存在着。

内源性：在令人轻松愉悦的儿童绘本中，在政客们的人生观里，我们傲然站在前辈们的肩头，拥有更广阔的视野，呼吸更清冽的空气。然而，对于那些被悲伤深深困扰的人来说，这正好是倒置的，是那些同样的先人压在我们的肩上，将我们如同脆弱的帐篷桩子一般插入土地之中。啊，DNA显现了它不可阻挡的力量：它难道不是一代代肌肉强健的海盗们曾挥舞过的九尾鞭上最后的一根细丝？可希望正埋藏于其中：假如我们肩负之物是生化结构的，那它会不会能被科研人员像变魔术般变走呢？我们即将进入斯图尔特黑兽穴中——基因变异——在我看来，倒好像没有描画得那么黑。一个基因的小小变异，一盘保命用的意大利蔬菜面的巧妙重组，便让奥利弗迥异于斯图尔特，然后就出现了一个这样的你：比父亲乐观，比祖父随和。黑狗成了猫咪。

应激性：或者你宁愿那些深蓝色的日子，那靛蓝色的内在风光，是对你此生经历直接的、或多或少合理的反映？这些经历甚至会让彻里布姆先生都感到泄气：比如11岁前丧母、父亲去世、失业、疾病、婚姻破裂，等等。因为那样你就可以自我辩护：要是这世界能把一切安排得妥妥当当，你同样可以。然而，假如你思维清晰的话——当然这是不可能的，因为你的思维代谢速率不是慢得像灰熊在冬眠时的心跳，就是如同《罗斯兰与柳德米拉》的前奏曲一般繁弦急管、风驰电掣——在这里，你会发现一个逻辑性的问题。比如说，一桩将你牢牢钉在床上，让你动弹不得的

"生存事件"是你6岁时母亲的亡故，你很难想象面对这样的灾难要怎么做才能解脱，不是吗？正如一句古语，继母无情。同样，如果你被一封解雇信搅得惊慌失措，这几乎不可能是去申请另一份工作的最好状态，对吗？

内源性抑或应激性：还在犹豫，没有做出决定吗？砰，砰，砰。时间到！现在我要改变规则。我承认，这道二元选择的小测验有点虚妄。因为最近"猜来猜去的人"否认了他们著名的两分法。如今，他们认为你之所以会被那些恼人的"生存事件"整得垂头丧气是因为你与生俱来的遗传因素。所以内源性与应激性——你可以兼而有之！那是有可能的！这全都是你母亲的错（也是她母亲的错）——然后她也去世了！在阳台上也能保持平衡的先生，好好琢磨其中的意味吧。这里没有非此即彼，只有同时并存的关系。这一点，即使是全然斜着白眼观察哲学家所谓的生活之人也会告诉你的。毕竟，生活确实既存在这样的画面：赤身裸体，头顶菠萝，漫步于牛津街头时，被迫和皇室联姻；也会有这样的场景：被淤泥掩埋至脖颈的同时，收听《新世界交响曲》的所有唱片。

你瞧，抑郁症也有它的高明之处，那就是让外在不协调的事物和谐共处。比如这件事与我毫无干系，但又完全是我的错。比如极端分子在伦敦地铁里释放神经性毒气，意图毁灭这个城市里的所有人——但他们这样做只是为了抓住我。再比如倘若我能拿这件事开玩笑，我便不会抑郁了。错了，错了！它比你聪明，甚至比我还要更胜一筹。

斯图尔特：

苏菲告诉我，她认为吃动物是不对的。

我解释了有机原理、土壤组合、非集约型养殖、有机饲料、动物福利等问题，还告诉她所有被禁止的事情，从生长激素到永久圈养，从转基因饲料到板式混凝土地板。我可能还可以继续说下去。

苏菲说这仍然是错的。

"那么，你的鞋是什么做的呢？"

她盯着它们看了一会儿，然后又转向我，用一种非常老到的语气对我说："我没建议吃我的鞋子，对吧？"

她这话是从哪儿学来的？"我没建议……"突然之间，她听起来像个首相。

她站在那里，等待答复。我无法回答。我唯一能想到的是查理·卓别林演的一部电影，在那部电影里，他啃食他的鞋子。但这也不是一个答案。

奥利弗：

吉莉安每天早上会在报纸上做标记。她用红笔在她认为我会觉得有趣或可笑的报道前打上星号。多么信得过的人啊，嗯？看来我得像早餐麦片一样奋力工作了，不是吗？当然，还得加上一点道德品质的纤维。

但是新闻并没有让我开心，特写也没。我意识到，我甚至再也不能理解"新闻"这一概念了。首先，新闻（news）是一个荒诞的复数形式。什么是单数——新（new）？所以这个单词应该是"新（new）"，而不是"新闻（news）"。新与旧对立。啊，你瞧，奥利弗有时就爱咬文嚼字。

我还有一个牢骚。新旧对立，但它们永远不可能完全对立，不是吗？新闻总是包含着古老部落最耳熟能详的故事。残忍、贪婪、仇恨、自私，这四个人类灵魂的骑手总是在电视宽屏上驰骋，唯有那些嫉妒之人对它们拍手叫好。这就是今晚的世界新闻，也是今天早上、明天、所有时段的新闻。报纸上那些言不由衷的话看了让人反胃，说得好，我的朋友。

所以我开始习惯阅读那些我对之毫无兴趣的篇章。赛马联谊会的各色项目；马的球节与小胫的故事；谁一直在增重直至超重？（我！我！）谁在泥泞中奋勇前行？（不是我！不是我！）

赛马王国里有一条恒常的信念：拥有一匹从未参赛过的两岁良驹的人是绝不会去自杀的，这是众所周知的真理。

那不是很好吗？

仅存的问题是：谁会给我买一匹从未参赛过的两岁良驹呢？

罗伯医生：

你聆听，你见证，你确认。有时候，只要让他们开口讲就行了。可是，讲述他们心中的感受是需要勇气的。而他们往往没有这么大的勇气。抑郁症就是这样的恶性循环。身为医生，你发现自己推荐那些老是感到疲累的人多多锻炼，或者向某个只有躺在床上拉起窗帘才会感到安全的人解释：研究表明，阳光有种种益处。

起码奥利弗不是个酒鬼。短暂的兴奋只会引发长期的抑郁。这又是一个恶性循环。这里还有一个。有时——不是经常，奥利弗也不是这样的——你审视某人的生活，然后觉得，客观上说，他们得了抑郁症其实也无可厚非。假如你处于他们的境地，你也会抑郁的。然而，你要做的是试图劝服他们，说他们抑郁是不正常的或错误的。

最近的一份研究报告表明，对职业生活掌控自如的人较其他人更为健康。事实上，不能掌控自己的生活是比酗酒、吸烟或其他常规因素更重要的一个负面健康指标。报纸大肆宣扬这一点，但在我看来，稍微有点常识的人都能得出这样的研究结果。能掌控自己职业生活的人无论如何更可能接近成功，获得更好的教育，更有健康意识，等等。不能掌控自己生活的人更倾向于失败，得不到好的教育，领取低廉的薪酬，从事那些对他们的健康产生危害的工作，诸如此类。

作为一名有着二十年从业经验的职业医生，我认为显而易见的一点是商业王国里自由市场的运作方式同样盛行于健康领域。我谈论的不是在商业基础上运作医院的事情，我指的纯粹是健康。自由市场使富人更富有，穷人更穷困，趋于垄断。这是人人尽知的。健康也是如此。健康的人变得更健康，不健康的人更不健康。这就导致更多的恶性循环。

很抱歉，我的搭档会说我又在演说了。但你如果看到我在日常生活中看到的东西，就不会这么说了。我有时候会想，至少瘟疫引发的后果会公平一点儿。当然，它们不会——因为富人总是可以很好将自己隔离开来，或者更快地逃离，而被清除干净的总是那些穷人。

奥利弗：

你还记得我对墙纸"有点"亢奋吗？如果你跟随我的步伐，你会害怕阅读那些北欧古文，会被玛德琳蛋糕上一再重复的纹路搅得焦虑不安。有趣的是，在我们搬进这里的时候，房子里一张墙纸都没有了。它已经被之前的住客完全涂抹、遮盖过了。谁能想象治疗心脏的药膏竟然能如此简单地敷用——事实上它们几乎是同一种东西——两加仑白色的、闪闪发亮的乙烯基亚光乳胶？

但是别那么快。几天前的某日，我过得很糟糕，就像我们喜欢说——之所以说这一天糟糕，并非是在侮蔑经受那日的人，而是责难当天的恶意——某天，我被钉在床上，被囚于自我意识之中，除了墙上宽屏的娱乐节目外无可倚靠。起初，我以为它是一种可能由过度依赖度硫平引起的视觉紊乱，之后一位专家——马特朗本人——的一通电话纠正了这一想法,她证实了在我眼前出现的、引起幻觉的波普艺术,不是别的——哦,陈腐而野蛮的现象——而是那旧墙纸又开始显露了出来。

你知道现实是多么困扰我们么?我们给牲畜戴上口罩是多么枉费心机?那个谁曾说过:"事物和行为即是其本身,而对它们产生的结果,我们应抱顺其自然的态度;那么为什么我们希望被欺骗呢?"浑蛋。18世纪的老浑蛋。骗我,哦,骗我吧——只要我知道他在骗我,只要我喜欢。

斯图尔特:

我觉得奥利弗已经完全失控了。

我对他说:"奥利弗,你得了抑郁症,我很难过。"

"这房子会动,"他答道,"那儿,家长们死了。"

"我能为你做些什么吗?"

他穿着睡袍坐在厨房的沙发上。此刻他看上去糟透了,没有一点儿血色与生气,身形又肥硕。我想是因为药丸加上缺乏锻炼的缘故。除了心智锻炼,奥利弗从不做任何运动。如今他甚至连这个也不做了。他的表情似乎在说他想要变得尖酸刻薄,然而他没有这个精力了。

"事实上,你的确可以帮我,"他说,"老朋友,你可以给我买一匹没有参赛过的两岁良驹。"

"什么?"

"是一种赛马，"他解释道，"这可比罗伯医生开的药方要有用多了。"

"你是说真的吗？"

"百分之百认真。"

他已经失控了，不是吗？

吉莉安：

苏菲宣称自己是一名素食主义者。她说她在学校里结识的许多新朋友都是素食主义者。我的第一反应是我不想这个屋子里再出现一名挑剔的食客。现在光是想想奥利弗吃什么、不吃什么就已经够让我头疼了。所以我问苏菲——以一种成人的方式对待她，她也总是以这种方式来回应我——我问她是否介意将她的决定推迟一两年执行。当然我尊重她的决定，因为现在我们盘里似乎有足够多的食物。

"盘里有足够多的食物。"她笑着重复道。我不是故意要说这一句的。接下来——既然我以成人的方式对待她——她也以成年人的方式回敬我。她解释说，杀戮和食用动物是错误的，一旦你明白了这个道理，那么除了成为一名素食主义者之外你别无选择。她继续对此详加阐释——好吧，她毕竟是奥利弗的女儿。

"你的鞋是什么做的？"她说完，我问道。

"妈，"她回答道，带着孩子那令人厌烦的执拗，"我没有说要吃我的鞋子。"

奥利弗：

有人推荐慢跑。顺便问一句，你认识罗伯医生吗？（你十有八九不认识，除非你和我在同一条沉船上。）这位好医生只采用语言训练，但我听到了"慢跑"这个词。我准是透露过我对奥勃洛摩夫咖啡馆的偏爱，她如此解释。根据本周"猜来猜去的人"节目上得来的知识，锻炼可以提升神圣的脑内啡水平，激发高涨的情绪。在你明了你身处何地之前，又到了愉快的兔女郎时间。证明完毕（Q.E.D.）。

我怕我的反应不是阿基米德式的。我没有因太兴奋而错过洗澡，甚至有可能，像一只忧心忡忡、身形纤小的食用猪般嘶喊出我的绝望。之后，我做了如下推论：从劣质的运动鞋到松弛而带着花哨拉链的两件套，挑选这些慢跑服装，从一开始就会抑制我的脑内啡水平，而在日光下舒展自己——另一个被认为可以提升情绪的方法——却让我羞愧不已，我只能在卡萨布兰卡与此地之间来回奔跃，仅仅为了让这个神话般的物质恢复到其初始的基本读数。需要证明（Q.E.F.D.），你自己可以猜出F指什么。

艾莉：

我说的关于斯图尔特的事都是真的。这不是个问题，没什么大不了的，也不难接受。那么，为什么不能直截了当一点儿呢？

我们从一个中国人那里回来，当你需要他人帮你下决心的时候，我也是左右摇摆、不知所措。但那个中国人却没有发挥任何作用。他要么没有注意到我的情绪，要么他注意到了，却丝毫不在意。我想说：瞧，我们第一次见面的时候，你已经长大成熟，对于我想要现金、想出去喝一杯之类的事情独断专行。现在，你甚至不能告诉我你是否想要我在这里过夜。

我说："所以你怎么想？"我们站在前门通向卧室的半道上。

"**你**怎么想？"他问道。

我等着，就这么等候着。然后我说："**我**想，如果你不知道你在想什么的话，那么**我**打算滚回家去了。"

此刻，你可以就这句话说上不少，但以"好吧"这个词作答是排在我最不喜欢的几个选项里的。与此同时，你也可以用许多种肢体语言来回应这句话，但在我走出大门之前，转身去洗手间撒尿也是我不太希望看见的选择。

第二天早晨，我在工作室，我们两个都在埋头工作，突然我开始沉思起来。吉莉安坐在她的画架前，弯着身子调节台灯，从侧面看，像是被裁切下来的维米尔像：镇静、残暴。我心里想：嘿，**不好意思打扰**，你和你的第二任丈夫——那个大骗子——没告诉我你曾经跟你的第一任丈夫结过婚，是不是想让我跟他亲热？他是不是在我身上使了亨德森骗局？每次我跟他结束性交，一切很快便昭然若揭：他一边无比文雅地与我性交，甚至似乎沉醉其中，另一边仍然该死地完全迷恋着你？

于是我跟她说了。我跟她说的时候，用的也是这些词。你有没有注意到成年人是多么厌恶"性交"这个词？我父亲不介意我是否吸烟或是得了癌症，这对他来说无所谓，但当某次我提到自己和一个男孩性交的时候，他看着我，好像我是一个地地道道的荡妇。他还说我体会不了做爱这一美妙的行为，这跟我母亲有关，当然这得回溯到他俩离婚之前，诸如此类。所以在吉莉安面前，我故意用了"性交"这个词，然而，她没有像我期待的那样，甚至连眉头都没有皱一下，她只是一直仔细地听着。当我说到斯图尔特该死地仍然完全迷恋着她的时候，你知道她什么反应吗？

她嫣然一笑。

斯图尔特：

今天我在报纸上读到了这个案件。一个非常可怕的故事，所以我建议你跳过下面这一段，除非你的心理承受能力足够强大。

故事发生在美国，当然，它可以发生在任何一个地方。我的意思是，美国正好可以作为其他任何一地的夸张版本，不是吗？话说回来，这个故事的主人公是一个相当年轻的男子，他二十来岁时，父亲去世了。那时他的女朋友正在外乘船度假，她无疑非常合乎情理地做了决定：既然他的父亲已经亡故，而非性命垂危，那么与其中断行程回去安慰男友，不如继续她的航行度假。此刻，他——可能同样合乎情理地——怀恨在心，而他的愤怒并没有被时间治愈。对他来说，这就像是一场可恶的背叛。于是他决定将自己承受的痛苦转嫁到女友身上。他想要她也体会一下他在父亲离世时感受到的那份悲伤。

你确定还要继续吗？要是换作我，我会马上放下这个故事。接下来男人娶了女友为妻，两人商量组建一个新的家庭。不久妻子怀孕并生下了一个婴儿，他耐心等待妻子与孩子之间产生深厚的感情，然后把孩子杀了。他用塑料包裹膜——就是我们说的食品保鲜膜——裹住孩子的脸，任其死去。之后他回到家，取下保鲜膜，将宝宝脸朝下置于婴儿床中。

我前面提醒过你这是一个可怕的故事，确实可怕吧？很显然，在接下来的几个月时间里，孩子的母亲都以为这是一桩发生在婴儿床上的意外事件。医生也是这么告诉她的。但有一天她的丈夫去了警察局，供认了他的谋杀罪行。那么，在你看来，他为什么要这么做？是因为良心不安吗？或许吧。我不完全相信良心不安这一说。至少，在我见过的案件中，这种情况并不多见。好吧，可能其中确实有一些良心因素。但这难道不是为了让他的妻子或是女朋友承受比他更多、更强烈的痛苦吗？如果她认为这是一起婴儿床上的意外，她会将此归咎于命运或其他什么。然而，现在她知道这不是命运的惩罚，是有人蓄意为之。是那个她以为爱她的人故意对另一个她爱的人造成的伤痛，而这一切的目的仅仅是为了伤害她。你可以说在真相揭晓的那一刻，她真正感受到了什么是世态炎凉。

这么做很可怕，不是吗？我没打算说不是。但在某种程度上，最可怕的是，这样做在一定程度上是合乎情理的。当然，是以一种可怕的方式。

奥利弗：

DNA的鞭打声。我承认我更中意这个说法。这让我思考——人类（我也没有忘记女人）这个没有合理存在理由的物种。在过去充满神话和英雄的时代，他们为自己赋予了一个理由。那时天宽地广，足以容纳悲剧。而如今呢？如今我们只是伴随着DNA的鞭打声，在圆形剧场的木屑中蹑着手脚走路。对于当下消亡的物种而言，何谓人类悲剧？那就是：我们仿佛有着自由意志那样行事，而事实上我们知道自己并没有。

第十七章
一根被德拉克马[1]簇拥的生殖器

匿名者：

敬启者，北16区税务所

兹告知家住北16区圣邓斯坦路38号的奥利弗·拉塞尔涉嫌逃税。奥利弗·拉塞尔就职于果蔬公司（其总部位于北17区雷奥路），是该公司的一名货车司机，其薪水由老板斯图尔特·休斯先生以现金形式支付。事实上，当事人与斯图尔特·休斯先生是故交。据估计，他目前每周从休斯先生那里领取150英镑的工资。我们有理由相信，当事人同时涉嫌盗版影碟租赁以及分发宣传咖喱屋及其他传单。你当可体谅，在此情况下，我无法在这封信上落款署名，除非作为——

一名关心公众的人士

---

[1] 德拉克马：一种希腊货币。

奥利弗：

罗伯医生人非常好，不是吗？不过呢，人好归人好，到头来也是无济于事的。

她很善于倾听，只是我不想多说。

她告诉我，感觉自己永远不会好转是抑郁症症状的一部分。我说"感觉自己不会好转"听上去就是由症状没有变好的现状而推导出的正常而自然的结果。

她问及性冷淡的问题，我试图让自己显得勇猛一点儿。

不过，我确实想取悦她。我对她的提问一律以"是"作答。睡眠不良？是。早醒？是。缺乏兴趣？是。注意力涣散？是。性冷淡？参见前述。食欲不振？是。悲恸欲绝？是。

她问我酒量如何。我说那点儿分量不足以让我快乐。我们交谈了一会儿。酒精似乎是一种镇静剂。但她得出结论，就我而言，我喝的那点儿量起不了镇静作用。这是不是很让人沮丧？

她说日光有助于抵抗抑郁。我说：生是死的对立面。

我意识到此时此刻我的表述使她听起来像个只会生搬硬套的官僚主义者。然而，我无意于此。她心地良善、受人尊敬，是"猜来猜去的人"的典型代表。确实，要不是因为我没了性欲……

她问及我母亲的死。好吧，我能说什么呢？那时我才6岁。她死了，因此，父亲开始在我身上撒气。他常常给我一顿暴打或别的什么。因为我让父亲想起了她。

是的，我能从遥远的童年时光里回忆起那些寻常的片段——她亲吻我，向我道晚安时的芳香，她轻抚我头发的样子，还有在老宅里的洗浴之夜——但这其中究竟有多少是我真实的记忆，有多少又是我从《错误记忆的百科全书》里擅自盗用的？此时此刻，我无法分辨。

罗伯医生问我她是怎么死的。我说她死在医院，但我并没有在那里见到她。前一周，她还每天早上送我去上学，每个下午接我回家。第二个礼拜，她就被埋葬在地下了。不，我没有在医院里见过她。不，我并没有见到她被殡葬时的样子，没有见到她比平日生活更美的样子。

我一直认为她死于心脏病，死于某种成人的、神秘的事物。比起她是如何死的，她死亡的缘由与起因更让我困惑。在之后的几年里，当我问及母亲死亡的细节时，我那比目鱼般的父亲只会用一种忧伤与无奈的口吻大声嚷嚷："她死了，奥利弗。"那个老家伙会说的只有这两句。"我最美好的时光也跟着她一起去了。"他这倒是说了实话。

罗伯医生用一种吊唁般的、最婉转曲折的方式问我，是否存在一种可信的假设，即我那早已亡故的妈妈是死于自杀。

至此，事情**确实**变得严肃起来了，你不觉得吗？

苏菲：

下一次见到斯图尔特时，我就施行了我的计划。

我问他我能不能跟他说几句话，通常我不会这么问，所以这次他开始认真听我说了。

我说："万一爸爸有什么不测……"

他打断我："什么事都不会发生。"

我说："我知道我还没有长大，但万一我爸有什么不测……"

"嗯？"

"你会做我的爸爸吗？"

当他思索这个问题的时候，我仔细地打量着他。他没有看我，所以他没发现我是多么仔细地在观察他。最后，他转向我，给了我一个拥抱，然后说道："我当然会做你的爸爸，苏菲。"

现在这一切对我来说都相当清楚了。斯图尔特不知道他是我的父亲，因为妈妈从来没有告诉过他。无论对我，还是对他，妈妈都不会承认这件事的。爸爸待我总是如待他女儿一样，但他一定在疑心一些事情，不是吗？这就是他得抑郁症的原因。

所以这一切都是我的错。

斯图尔特：

"这该死的是什么？"

奥利弗生气勃勃，我好久没看到他这样了。他在我面前挥舞着一封信，明摆着不让我看清里面是什么内容。过了一会儿，他冷静下来，更可能是累了。我开始读这封信。

"税务局寄来的，"我说，"询问你除了在蔬果公司工作获得的收入之外，还有没有别的收入，并且在领取薪水期间，是否从事过该份工作？"

"该死，我认得字，"他说道，"你可能还记得，我在重译彼得拉克时，你还在用被牙齿啃过的食指边点边读每日星座里那些花里胡哨的陈词滥调。"

够了，我暗自思忖。"奥利弗，你没有在逃税，是吗？你知道这个把戏可真的得不偿失。"

"你这该死的犹大。"他盯着我说。他没有刮胡须，双眼布满血丝，看上去并不太健康，"该死的，你告发我。"

真是无稽之谈。"犹大告发耶稣。"我指出。

"所以呢？"

"所以？"我想了想，或者至少假装想了想，"你可能是对的。有人告发你。现在，让我们实际些。你觉得他们可能会告发你什么呢？"

他向我保证他在为果蔬公司工作期间没有去别的地方捞外快，因为这家公司就是一家该死的血汗工厂，每天工作结束的时候，所有员工都被折磨得不成人形，但之前他确实有一边领取薪水，一边打一些未申报的零工：往别人家的门缝里塞传单，为某位神秘的大人物挨家挨户出租影碟。

"无论如何，这些事我之前都对你说过。"

"有吗？我不确定你说过。"

"我可以赌咒发誓，"然后他坐了下来，两肩耷拉着，"噢，天哪，我甚至记不起我对谁说了些什么了。"

好吧，换作以前，这些事从不会让他困扰。他总是乐颠颠地一遍又一遍讲述同一个老掉牙的故事。"让我们试着冷静地思考一下这件事情，"我说，"你肯定有些把柄落在税务局手上了。但说句公道话，"我说到这里的时候，奥利弗咕哝了一声，"他们真正感兴趣的是征收未缴清的税款，而不是你犯法的那一面。"

"哦，太好了。"

"但我认为你更应该担心你的福利问题。他们这帮人有时候真的很恶心。我寻思那个检举你的人是否知道福利热线，如果他知道的话，那就难办了。"

奥利弗又咕哝了一下。

"我认为我们应该同时关注税务局的人、盗版影碟事件、海关和消费税。它们可能导致非常严重的后果。他们有搜查权和闯入权。那帮人最喜欢的莫过于在清晨五点钟闯进你家，四处搜寻。让我们希望这个家伙不知道增值税热线。"

"这该死的犹大。"他重复道。

"是呀，唉。有可能是办公室的某个人。或者可能是另外一名司机。你好好想一想，奥利弗。你能想到有谁恨你吗？"我兴冲冲地问道。

怀亚特夫人：

苏菲和玛丽顺道拜访了我，是斯图尔特用他的车送她们来的。对此，我当然不置可否。

我像往常一样准备了她们喜欢的柠檬蛋糕，但苏菲不想吃。她说她不饿。我求她吃一点儿让我开心开心。她说她太胖了。

我说："哪里，苏菲？你身上哪里太胖了？"

她说："这里。"她指了指自己的腰。我盯着她的腰，看不到一点儿肥肉。我只看到她的话中缺乏逻辑。"这只是因为你把腰带系得比平时紧。"我说。

真是的。

奥利弗：

我蹑手蹑脚地在房子里走动，还对我们的卧室展开了一场少有的突袭。它在顶层，从那里能俯瞰这条街巷的景象。我对你说过此事吗？我希望有人对你讲过。有人向你说了所有事，不是吗？在这里，你保守不了任何秘密。到处都有犹大。

对不起，我……不远处，传来了响亮而毫不留情的嘎吱声。假如运气好的话，一只基因被改良过的、追踪热源的怪物大黄蜂会给我致命一击。但现在，比这更糟糕的事情正在发生。理发师正在肆意虐待戴尔夫人的智利南美杉——不，据我观察，不是理发师，那是个肉贩子。它那灵巧的叶片、高贵的枝丫以及躯干都被一把圆锯无情地砍去。我感到我本就低落的情绪已如同浴缸里的洗澡水一般流尽了。"愿她的智利南美杉像青葱、翠绿的港湾一样繁茂。"我的祈求似乎言犹在耳。

这难道是一个预兆？没人说得清。在那过去美好的岁月，我们曾嬉笑着滑雪，那时，所谓的"不祥之兆"确实与它的形容词相符，是不吉利的。一颗流星划过棉绒般的天空，雪鸮整夜栖息于衰败的橡树之上，老狼的嗥叫声自墓地传来——我们无从知晓这些该死的场景预示着什么，但我们知道它们都是凶兆。而如今，我们错认的流星只不过是邻居家放的烟火，雪鸮被饲养在动物园里，而狼群只有在被放生之前才会被训练该如何嗥叫。这些都是毁灭前的征兆吗？在我们日益衰微的王国里，一面破碎的镜子仅仅预示着我们将惴惴不安地去一趟约翰·路易斯百货商店，再去买一面新镜子罢了。

啊，好吧。我们所有的征兆与迹象越来越趋于本土化。预兆本身与它预兆之事间的距离已消失殆尽。你踩到了一坨狗屎——这是一个警告，也是一场灾难！巴士抛锚和手机故障却不是如此。一棵树被砍倒或许仅仅意味着它被砍倒了而已。啊，好吧。

苏菲：
猪。肥猪。

吉莉安：

今早我们没有打开收音机。自从艾莉那天爆发以来，我们就没有怎么交谈过。（顺便问一句，你是怎么看那事的？你不觉得奇怪吗？那些怨恨是从哪里来的？我认为我们一直在用真诚的、成熟的方式对待她。）那时出现了一阵让人局促不安的沉默，在艾莉拿起咖啡杯的时候，响起了一声轻微的叮当声，那是咖啡杯缺了把手，她的戒指触碰瓷器发出的声音。仅仅是一声轻柔的、意外的声响，但它却让我回忆起了往昔。艾莉没有结婚，也没有与人订婚，她的周围除了斯图尔特似乎没有别的人，他们的关系看起来也不亲密（或许这就是她怨恨的缘由），但是现在，她左手的中指上戴了戒指。我曾经也这么做过，用它来表达诸种意思：请保持距离；不做解释；让人揣测出一个虚构的男友；守护好自己的空间。在你不想看见男人的时候就可以戴戒指。这段时间可能是几天、几周，或者几个月。

大多数情况下，这枚戒指是管用的，当它被用来避开那些不受欢迎的搭讪时，这个从市场里淘来的小玩意儿几乎有了魔法般的效用。当然，我已经忘记了那些时刻，我记得的都是它不起作用的时候。当某个人直愣愣地出现在你的面前，径直走向你，即使你将戒指在他眼前来回晃动，他依旧对此视若无睹。我的意思并不是说这是个花招或是别的什么，只是拒绝将之纳入考虑罢了。他忽略了你脸上为了表现出对他毫不在意而浮现的浅笑，忽略了你给予的任何信号。他只是站在那儿，尽力一试。你与我，从此地、此刻开始,如何?无论如何,这就是隐含之意。这样的场景每每让我觉得异乎寻常的刺激、魅惑,甚至危险重重。我表面平静,内心却风起云涌。我希望他们能感觉到这一点。

请不要误会我,我不是那种"喜欢被控制"的女人。一些女人会幻想有一个男人突然闯入她的生活,控制她,为她安排好一切,但这不是我的梦想。我宁愿自己处理好一切。我不喜欢受他们胁迫,也不喜欢屈从于他们。我谈论的是另外一件事,是某个人突然出现在那一刻,用无须言语的方式说:"是我。是你。所有要说的就是这些了。"仿佛某个深邃的真相正在你眼前被人猜测着,而你要做的仅仅是回答:"是的,我也认为这是真的。"

如果再发生这样的事,我绝不会用一块从市场摊贩那里搜来的破玩意儿招摇过市,我会拿出那枚十多年来我天天佩戴的金戒指。当然,与往常一样,这里会有警铃,只是这次更像是救护车的铃声。但是,难道我们都不想再听一次那些简单的话语了吗:是我,是你。有人等待着答案:是的,我也认为这是真的。此时,一些事情在你的脑子里打转,那是些似曾相识的东西,然而此刻却无以名状,它们与时间、命运、性相关,在你的心灵深处,某支熟悉的曲调开始响了起来,你期待着能随之翩然起舞。

现下一片寂静。唯有棉签的擦拭声、凳子的嘎吱作响声,以及艾莉的戒指轻触咖啡杯的声音。

斯图尔特：

我总是期望能看见奥利弗面对墙躺着，但是，我想他即便有病在身，也清楚那是什么意思。所以他躺在床上，故意面对着墙壁。他被安置在顶楼的一间类似于储藏室的房间里，窗户被钉上了一张毛毯，显然是因为他们没有时间去做窗帘。床头灯的灯罩上有一个唐老鸭的图案。

"你好，奥利弗。"我说道，感觉甚至不太确定这几个字该怎么发音。我的意思是，假如某个人真的病了，我知道该如何行事。是的，我明白抑郁症也是疾病的一种。无论如何，这只是理论上如此。所以，我想我的意思是他得了一种病，这种病让我不知道该如何与其相处。这让我很焦躁，还有一点儿不近人情。

"你好，老'朋友'，"他的语气略带嘲讽，但我倒也不在意，"你已经为我找了一匹没参过赛的两岁赛马吗？"

我是该笑吗？这个问题没有正确答案。"是的"？"没有"？"我正在找"？所以我什么都没说。我没有带葡萄之类的东西，也没有带巧克力，或是我已经读完的、有趣的杂志。我跟他说了一些工作上的事。我告诉他我们是怎么把他那辆货车上的凹痕敲平的。对此他似乎也不关心。

"我原本应该娶戴尔夫人的。"他说。

"戴尔夫人是谁？"

"哦，心易变，志孱弱……"他喃喃低语着诸如此类的话。在奥利弗胡扯一气的时候，我通常不会专心听他说话。我认为你也无须这样做。

"戴尔夫人是谁?"我重复道。

"哦,心易变,志孱弱……"他继续这样喃喃地说着,"她住在55号。你曾经对她说我得了艾滋病。"

多年未曾惊扰我的记忆又回来了。"那个老婆娘?我以为……"我以为她已经死了,这话差点冲口而出,但你不能对一个生病的人说"死"这个词,对吧?无论如何,我没觉得奥利弗病了。毫无疑问,我应该认为他病了,但我并不这么认为。就像我前面说的。

我们就这样东拉西扯地交谈着,说不上是思想的碰撞。我想我们两个可能都已经受够了,就在这时,奥利弗突然像一个临终之人般翻身背朝下,说:"呃,你想出来了没有,老'朋友'?"

"想出什么?"

奥利弗咯咯地傻笑着。"当然是制作一块上好的薯条黄油三明治的秘诀。老朋友啊,这其中关键的一点是热乎乎的薯条要把面包里的黄油给融化了,黄油会一直流到你的手腕上。"

除了我认为薯条黄油三明治是一种相当不健康的食物,这也没什么可多说的。然后他嘟囔了几句,仿佛表演了一整天,已经让他受够了:"吉莉安。"

"吉莉安怎么了?"

"你在那个酒店房间里时……"他说,尽管之前我住过成百上千个酒店房间，但我立刻明白了他指的到底是哪一个。

"怎么了？"我说。我的思绪回到了一扇衣橱的门上，那扇门不停地开合着。

"你说呢？"

"我不明白你的意思。"

奥利弗哼了一声："你难道认为，你看到的那些……你难道认为那天你从酒店窗户里看到的那些天天都会发生吗？"

"我还是不明白你的意思。"或者说我明白，但是我不想明白。

"你看到的那些，"他说，"仅仅是做给你看的。那是场庆祝表演，仅此一场的日场演出。好好想想吧，老'朋友'。"说完，他做了一件我从未见过他做的事，将他的脸转向了墙。

我想我清楚了。要我说，这滋味真不好受，相当不好受。

我告诉过你什么？信任引发背叛。信任招致背叛。

奥利弗：

那些粗鲁的瑟赛蒂兹[1]时刻时常难以避免，难道你不觉得吗？那些你知道脓包蠢货道出了真相的日子。战争与淫乱，战争与淫乱，更别提虚荣自负与自欺欺人了。顺便说一句，那个"你宁愿"的游戏，我想出了一个新玩法。你是宁愿没有自知之明而

---

1 瑟赛蒂兹：《荷马史诗》中丑陋而会骂人的士兵。

毁灭自己，还是获得自知之明而毁灭自己？哦，你有一辈子的时间去思考这个问题。

据另一位权威专家所言，成熟就是一切。我们知道那个梦：土壤肥沃，太阳高挂于枝头，它的光芒让周围云朵黯然失色，香气慢慢聚集，果皮的颜色有了变化，然后，哦，何等成熟，是婴儿微凹的小指将我们瞬间托起，我们借以深思的果柄会毫无怨言地与主干分离，并且，失重的我们将滑翔到吉祥的干草堆上，卧躺在那儿，成熟、饱满，与神圣的生死循环悠然相处。

但是，我们中的大多数人并不像那样。我们像是欧楂果，一个钟头的时间，坚硬、难于消化的果实就会变成棕红色的熟软之物，所以那些最早发现它效用的采集者、那些早期的唯器官变化论者、那些原始的斯图尔特们常常秉烛撒网，彻夜等待这一时刻。但是谁又观察过这些观察瓜果的人呢？就我们来说，我们没有侍从替我们高举夜灯，在瓜熟蒂落的那个刹那，我们往往正在酣眠之中。此一分钟尚是硬朗中年，下一分钟却已是年衰岁暮。

专心，亲爱的奥利弗，专心。如今的你太容易**走神**了。留意你身后U字形湖泊的游览路线。那个脓包蠢货宣告着什么？

就是这个。最谦卑的沙鼠会很快懂得了这个令人沮丧的真相，然而，对于我们这样愚钝的物种来说，却得花上整整七十年才能理解。世间的一切关系，即使是两位纯洁的见习修女间的关系——嗨，尤其是两位纯洁的见习修女间的关系——都与驱动力有关。现在，驱动吧。如果现在不驱动，那么以后驱动。而驱动力的源泉，却无一不是这般古老陈旧、为人熟知、不可抗拒，同时又如此朴实无华，它们的名字都异常普通：金钱、美貌、天赋、青春、年龄、爱情、性欲、力量、金钱、更多的金钱，还要多的金钱。希腊的一位船业大亨曾在男厕里向他一位暗暗发笑的密友展示这世界的真谛：他取来侍者用以装小费的茶托，然后将他的阳具横放在上面。无须仔细看了，哦，是的，智慧探寻者们。毕竟，这个希腊人名叫亚里士多德。我打赌薪酬热线没有接到过检举他的电话。

那么，所有这些都是如何与那你正发现自己被卷入其中的莎士比亚式故事发生关联的？我顺便向你道歉，如果你认为必须道歉。（必须吗？是否在一定程度上是你自己**不请自来**，是否在一定程度上你是在**自讨苦吃**？）不过，吉莉安的光芒曾一度让她成为众人的焦点，奥利弗的天赋——我对它评价甚高——让他所向披靡，而斯图尔特，请原谅我的措辞，总是枉费心机、徒劳无功。现在呢？现在斯图尔特能够得偿所愿了。现在被德拉克马簇拥着的是斯图宝宝的阴茎。你发现我的世界观变得太简单了？但是，你会发现，生活确实是在简化自身，随着年岁渐长、失望渐深，生活正展现出它阴郁的面容。

提醒你一句，我不是在说斯图尔特可以把歌剧女王玛丽亚·卡拉斯拉出来。假如他与玛丽亚真假声对唱《我记得你》，我怀疑玛丽亚是否还能唱出"爱情如同心跳"回应他。

斯图尔特：

你知道"信息渴望自由"这句话吗？电脑操作者会用到它。我给你举个例子。要去除你保存在电脑里的信息是一件非常困难的事。我的意思是，你可以按删除键，并且以为它永远消失了，但事实上它没有。它仍然在硬盘驱动器里面。它想要存活，想要被释放。五角大楼的人说，你必须将硬盘上的信息覆盖重写七次，它才会彻底消失。但还是有数据恢复公司宣称，即便数据已经被覆盖重写了二十次，他们依然可以把它找回来。

所以你怎么确定你已经把信息销毁了？我曾在哪里读到过，澳大利亚政府会雇佣一批身强力壮的男子使用大锤敲碎他们的硬盘，碎片必须小到能穿过某种有极细网格的金属网罩。直到此时，官方才认定没有东西可以修复，信息最终被销毁了。

这有没有让你想到什么？它让我想到，保险起见，他们得派一批身强力壮的男子使用大锤敲碎我的心。这就是他们需要做的。

我知道这只是一个类比，但我恰好认为这是真的。

第十八章

慰藉

吉莉安：

事情是这样的。奥利弗在吃晚饭前勉力起床了。他没有任何食欲——现在也没有——我们吃饭的时候，他沉默寡言。斯图尔特做了一份法式番茄甜椒炒蛋。奥利弗便开了个玩笑，可能挺伤人的，不过斯图尔特很明智，并没怎么在意。我们啜饮着葡萄酒——奥利弗甚至没有碰一下他的杯子。之后他站了起来，在桌子上方画了个非常模糊的十字，说了句颇具奥利弗特色的话，随后追加了一句："现在我要滚回我的狗窝去，这样你们就可以背后数落我了。"

斯图尔特把碗叠放在洗碗机里。我一边看着他，一边喝下奥利弗的那半杯酒。此时他在重新排列那些已在洗碗机里的盘子，他老是这样干。有一次，他叫我把水流开到最大，我告诉他千万别再让我听到你用这一术语。不过,我是笑着说这句话的。现在他故意皱着眉头,干干停停,样子实在夸张。很搞笑,你不妨想象一下。

"他手淫吗?"斯图尔特突然问道。

"那倒不至于。"我不假思索地回答。不管怎么说,这谈不上是什么背叛,对吧?

斯图尔特把洗衣粉槽装满,关上门,对洗碗机投去怜悯的一瞥。我看得出他想给我买一台新的。我也看得出他在极力避免提起这一话题。

"好吧,我去看一下女孩儿们。"说罢,他脱下鞋子,上楼去了。我一边继续喝着奥利弗的酒,一边看着斯图尔特搁在厨房地板上的鞋子。一双黑色乐福鞋,呈1点50分的角度摆放,仿佛他的脚刚从鞋子里跨出去似的。哦,是的,他当然刚刚跨了出去,没错——我的意思是,这双鞋子,不知怎的,仿佛依然有生命。它们已不新了,已穿破了,鞋头有很多褶皱,鞋侧布满了竖条纹。每个人都有自己独特的穿鞋方式,不是吗?对警察而言,鞋子无疑就像指纹或DNA那样独一无二。而且,鞋子也像是人的脸面,不是吗?折弯处的褶皱,不正像鞋子长着鱼尾纹吗?

我没有听见斯图尔特再次下楼的声音。

我们喝完了剩余的葡萄酒。

但我们并没有喝醉。我们俩都没有。我没在找借口。难道我需要借口?

是他首先亲了我一下。但这也不是借口。如果一个女人不想被亲吻的话，她知道如何与人保持距离。

我的确说了"艾莉怎么办"。

他说："我永远爱着你。永远。"

他要我抚摸他。这样的要求似乎也不过分。房子格外安静。

他开始抚摸我。他的手放在我的腿上，然后滑入我的内裤下面。

"把它脱了，"他说，"让我好好抚摸你。"

他倚在沙发上，裤子脱下一半，搭在大腿上。我提着内裤，站在他面前。不知为什么，我不想褪下内裤。他的一只手穿过我的大腿，他的手腕可以感觉到我已动情了，他的手指搭在我的脊背上。他并没有把我拉向他：是我在主动迎合他。我仿佛回到了20岁。

当时我想——不，在那样的时刻，它还算不上是个想法，至多只是你脑海中一闪而过的念头，你可以不必负责的念头——我当时想：我在干斯图尔特呢，但这没什么关系，因为他是斯图尔特嘛。同时，我又在想，我并没有在干斯图尔特啊，因为——如果你想知道，如果你非知道不可——我们以前从来没有像那样干过，两个欲火焚身的少男少女置身厨房，衣衫半裸，喁喁私语，猴急难耐。

"我永远爱着你。"他说。他抬头凝望我的眼睛，我感觉他已到达高潮。

走之前,他启动了洗碗机。

斯图尔特:

我对病人深表同情。我为那些并非因为自身过错而致贫的人感到遗憾。我对那些因痛恨自己的人生而自杀的人报以惋惜。但是,对那些自怨自艾的人,放纵不羁的人,夸大自身问题的人,浪费自己和他人时间的人,对那些认为一连几周无所事事,只是一味地哭泣却要比这一期间内踏实做事的你、我、他更感到有趣的人,我绝不会同情、遗憾和惋惜。

我做了一份意式菜肉馅煎蛋饼。吉莉安以为它是法式番茄甜椒炒蛋。这两种菜肴的食材是一样的,但是,要做番茄甜椒炒蛋,你得把鸡蛋搅拌成糊。而要做菜肉馅煎蛋饼,你只须把它烧熟,然后放到烤架上即可。你不需要把表面烤成深褐色,刚好凝固就可以了。之后,如果你运气不错,如果你每一步都做对了,这时候你就会发现中间有一点儿稀薄。实际上,不完全是在正中间,其实大约在离中心有四分之一到三分之一的地方都是稀薄的。这次我做得蛮好的。我用芦笋丁、新鲜豌豆、小胡瓜、帕尔玛火腿和炸土豆块做了份蛋饼。我看到吉莉安吃了第一口就笑了。但她还来不及说点什么,奥利弗就怏怏地说:"我的鸡蛋饼熟过头了。"

"本来就该那样的。"我说。

他用叉子戳了戳鸡蛋饼。"在我看来,这像是歪打正着。"

说罢，他不慌不忙地把蔬菜从蛋饼中挑出来吃，吃相甚是难看。

"这个时令，豆子是从哪里来的？"他煞有介事地问。他盯着叉子末端的豆子，好像他没见过似的。我个人认为，他不过是在装模作样。无论如何，装傻的成分居多。情绪低落并不意味你突然要开口说真话了，对不对？

"肯尼亚。"我说。

"那胡瓜呢？"

"赞比亚。"

"芦笋丁呢？"

"秘鲁。"

每回答一下，奥利弗就耸一下肩膀，好像空运是个国际阴谋，一心想要迫害他。

"还有鸡蛋呢？鸡蛋从哪里来的？"

"鸡蛋，奥利弗，是从母鸡屁股里钻出来的。"

这至少让他闭上了嘴。我和吉莉安聊起了孩子们。我很想跟她讲我有可能要找个新的猪肉供应商，但考虑到奥利弗的关系，我想自己还是避免在她面前谈论生意。苏菲和玛丽已经很好地适应了她们的新学校。我必须得说，这是皆大欢喜的事情。你可能已从报章上看到，政府向她们曾经居住过的市镇派了一支特别教育工作组。其实不是她们俩曾待过的那所学校，不过即使这样也是非同小可。如果她们成了下一批受害者，我一点儿都不会感到惊讶。

这是一个宁静而温馨的夜晚。我洗好盘子，把大黄从外面拿进来。我想用些许橙汁和调味酱炖大黄，做了足量的炖菜，这样女孩儿们第二天就可以吃了。我刚提起这事，奥利弗就站起身，连碰都没有碰一下碗，一个劲儿地说他要去睡觉了。如今，我觉得这是意料中的事。他整天无所事事，早早上床，一睡就睡十个或十二个小时，醒来之后疲惫不堪。简直是恶性循环。

清理完毕后，我上楼去看女孩儿们。等我再次下楼时，吉莉安还坐在原来的位置，一动未动。说实话，她看上去很可怜，忽然，我怕她也会开始抑郁。我不知这是不是一个公认的模式。我只知道这种事情常常发生在嗜酒者身上：某人一旦得了忧郁症，那么，他的同伴即使不想那样，即使对它深恶痛绝，也是会得抑郁症的。也许不是马上就会得，但危险性确实存在。人们说酗酒是一种病，因此我觉得我们都可能因为各种原因患上这种病。忧郁症何尝不是如此？毕竟，跟一个抑郁的人打交道肯定令人抑郁无比，不是吗？

于是我搂住了她，并且说——呃，具体说了什么我记不得了。"振作起来，亲爱的。"类似这样的话。我的意思是，在那种情况下，你只能说这样简单的话语，对吗？当然，奥利弗会找些复杂的事情来说，但现在我可不认为奥利弗是个专家。

然后，我们互相安慰。

当然，安慰的方式不言自明。

难道还有别的方式吗？

奥利弗：

斯图尔特令我厌烦。吉莉安令我厌烦。我自己，也令我厌烦。

女儿们倒没有令我厌烦。她们天真、无辜，还不至于令我厌烦。她们还没到要做选择的年龄。

你令我厌烦了吗？那倒没有。不过你也没帮到我什么。

我令你厌烦了。是吗？好吧。你不必客气。对于一只已爆裂的气球来说，多一个气孔又有何危害呢？或许，我可以充当一桩耐人寻味的案例，一则反例。看，奥利弗把自己的生活搞得一团糟，你可千万别像他那样。

我以前以为天生我材必有用，现在再也不信了，我感觉自己傲慢而愚蠢。有时候，我觉得自己好像缩入了内心深处的某间控制室，只是通过潜望镜和麦克风与外界相连。不，那让我听上去好像是命中注定要这样运作的。好像我是一台机器。**控制室——**这样的说法绝对不是事实。你知道有那样一个梦：你驾车前行，突然方向盘失灵——或者，确切地说，方向盘只是刚好可以转动，促使你仍然信任它，当然，这大错特错——而你的刹车器和排挡也同样失灵了，与此同时，马路直降而下，车子却在加速行驶，有时车顶向你压迫下来，车门挤顶着你，搞得你几乎无法转动方向盘或踩下踏板……我们都曾做过这样恐怖的梦，或类似的梦，不是吗？

我话不多，吃得不多，因此如厕也不多。我不工作，不游玩；

我睡觉，睡得精疲力竭。性爱？请告诉我性爱的意义是什么，我好像已经忘了。我好像也失去了嗅觉，所以，我甚至闻不到自己的体味了。病人往往散发出难闻的气味，不是吗？你也许可以闻闻我，并告诉我你的感受。这要求太过分了吗？哦，我明白过分了点。对不起，我提了这样的要求。对不起，我**勉强**你了。

这一切使人误入歧途。你也许认为——假如可以打搅你——毕竟，如果我是你，我是不会费心考虑我的。但是，如果你操心了，你也许就会得出结论：只要我还能够相对清晰地描述自己的状况，那"事情不可能那么糟"。错了，错了！"他的情况不妙，但还不是很严重"——是谁说这句话来着？我已有了一系列的症状，再加一条失忆吧。你们不能指望我自己记得去做这事。

不，这才是一切问题的关键。我只能描述可以描述的东西，无法描述难以描述的事情。难以描述的都是无法容忍的，而由于难以描述，它就变得更加无法容忍。

难道我的句型不优美吗？

灵魂之死，那才是我们的话题。

灵魂之死或肉体之死，你会选择哪个？至少这是个简单的选择。

倒不是我相信灵魂。但我相信我并不信仰的东西之死。我说得有道理吗？如果没道理，那么，至少我可以让你看到我正身陷于语无伦次之中。身陷于——就我目前的处境而言，这一动词似乎太规整了。如今，所有的动词都太规整了。动词就好像是社会工程的器具，甚至连系动词"to be"也具有法西斯主义色彩。

艾莉：

成年人瞎搞、乱搞，对吧？另外，我讨厌他们在事情有利于他们时假装你是他们中的一员，而当对他们没有好处时，他们就不再对你敞开大门。比如，当我告诉吉莉安斯图尔特迷恋上了她时，她只是对自己微微一笑，就像我根本不存在似的。现在下课。

我不能待在这屋子里，一个劲儿地干呀干，好像什么事都没有发生似的。正如我所说的，这不成问题。对斯图尔特来说，这根本就不是什么大事。但这并不意味我想看到他在以后的几年里穿着他那件住房装修工人的衣服到处神气活现地晃荡，我也不想看到**吉莉安**像一只即将得到奶油的猫般的模样。

不过，至少我从吉莉安身上学了一些东西。至少我没有爱上斯图尔特。这真令人宽慰。

戴尔夫人：

你知道他都干了些啥？他分明已成了一个不讲信用的骗子，他们一直告诫我们别做那样的人。他答应我修好大门和门铃，帮我砍树并把它运走。他倒是把那棵树砍了，却跑去找什么卡车，任凭它躺在那儿，弄得我现在出不了前门。他说他得特意去雇一辆车子，因为那棵树比他原先想象的要大，于是我给了他一笔雇车的钱，拿到钱后他就一走了之，再也没回来。他并没有修好大门和门铃。我以为他是个蛮好的小伙子，可没想到他却是个骗子。

我打电话给市政厅，他们问我到底在想什么，居然未经其许可便把树砍了。他们说，假如有人想起诉我，他们绝不会惊讶。我说，那你们来呀，就到阴间告我状吧，只有在那个地方我才会规规矩矩。

怀亚特夫人：

我仍然想要我从前说过想要的一切，不过我知道我将一无所得。于是，我就从那精心裁剪的套装，从那去骨的庸鲽，从那风格优美、结局并不悲伤的书中获取慰藉。我将珍视礼仪，言简意赅，为他人谋福。而且，我将永远感受那些事情的伤痛，那些我曾经拥有、现在依然想要却永远不会再度降临的东西。

泰里：

肯带我到奥布雷基餐厅去吃螃蟹。他们给你一把小锤子、一把锋利的餐刀、一大罐啤酒，还有放在脚边的一只垃圾袋。我知道该怎么办，但我还是让肯给我示范。螃蟹是神奇的生物，构造十分精巧，就像很早之前发明的现代箱包。你从一堆螃蟹中抓起一只，把它翻转过来，在其下部寻找一个类似易拉罐开口的东西，插入指甲，猛地一撕，就像把整个"箱包"一分为二。然后你折断蟹钳，抠出饱满的肉，将剩余的部分掰成两半，插入餐刀，把所有东西弄松，再横切一刀，用手指把肉抠出来吃。我们毫不费力地解决了十几只螃蟹，每人六只，还有很多都扔掉了。我又加了点洋葱圈，肯要了份油炸土豆。最后他点了个蟹蛋糕来结束这顿饭。

不，你不认识肯。

从今往后，你不需要担心我了，如果你之前担心的话。

苏菲：

那天晚上，斯图尔特上了楼，与我们吻别。玛丽睡得很沉，我也假装睡着了。我把脸埋进枕头里，这样他就闻不到我恹恹的气味了。他走后，我躺在床上想，我多么希望自己没吃那些东西。想想我现在已经这么胖乎乎，简直成了一头讨人厌的肥猪了。

我等候着，想听前门关闭的声音。你总能听见这声音，因为这扇门需要多拉一下。我不知道自己醒了多久。一个小时？更久？最后，我终于听到了关门声。

他们一定在谈论爸爸。他闷闷不乐，患了抑郁症。不过，我觉得我们该用一个成年人的名字来称呼它。

斯图尔特：

当我刚才说"我们互相安慰"时，那也许给人一个错误的印象。仿佛我们是两个老东西似的，抽着鼻子依偎在对方的肩膀上。

不，事实上，我们就像两个孩子。仿佛某件事情——很多很多年以前的事——最后终于释怀了。也好像重回过去，回到我们初次相见的时候，只不过以不同的方式重新开始而已。当你年届三十，你就可能变成一个"假"成年人。说实话，我们就有点像那样子。我们是郑重其事的，坠入爱河，正打算一起生活——请你别笑——而那一切都融进了性爱中，如果你懂我的意思。当初，我们的性爱无可厚非，但它是一种**责任**。

我想澄清另一件事。吉莉安从一开始就完全清楚我们想干什么。当我脱下鞋子，说我想上去看看女孩们时，你知道她是怎么回答的吗？

"只要你想，他们三个人你都可以看一看。"

她说这句话的时候，眼睛里别有一番神情。

我下楼后，发现她显得有点闷闷不乐，异常安静，但是我可以感觉到她心底的雀跃和期待，仿佛这一次她并不知道她的人生接下来会发生什么。我们又喝了些酒，我告诉她我很喜欢她现在的发型。她在头上扎了一条头巾，但并不是像美国妇女那样裹扎。这头巾看上去也不像一条丝带，它显得优雅而不做作，而且，这条头巾的颜色选得很好，和她的发色相得益彰，颇显吉莉安的风姿。

我夸她的时候，她把头侧了过去，我自然而然地去亲吻她。她微微一笑，因为我的鼻子撞到了她的脸颊。她谈起女儿们的事，但此刻，我在亲吻她脖子的一侧。她转过头来，好像要聊点别的事，但就在转头的一瞬间，她的嘴唇几乎碰上了我的嘴唇。

我们不断亲吻，然后站起身，环顾四周，好像在思考接下来干什么。不过，我们显然很清楚我们俩要追求什么。同样显而易见的是，她希望我引领她，让我主动。好极啦，也太令人激动了，因为，以前我们在一起的时候，总是——我不知道该怎么形容——一边寻求同意一边做爱。你想要干什么？不，你想要干什么？不，你想要干什么？两个人你一句我一言，快乐而体面，不过，如今我倒觉得那挺叫人倒胃口的。吉莉安说，继续呀，让我们玩点不同的花样吧。我猜想——当时我倒没想到这个，因为我完全沉浸在我们所做的事情上——我猜她认为如果由我来引导，她对奥利弗的愧疚感就会减轻些。不过，那个时候，这倒不像是其中一个原因。

我一直抚摸她，拉扯她，哄诱她，那样的场景有很多，这是其中之一。她没有完全摆出难以亲近的样子，但摆出了"说服我呀"的架势。于是，我说服她躺倒在沙发上，而且，正如我所说，那好像是小孩们玩的性游戏，两人一点点相互摸索，一只手试图解开对方的皮带，另一只手却忙这忙那的，拉拉扯扯，尽是些我们以前从未干过的小把戏。比如，我很喜欢她咬我，但不是狠命地咬，而是在肉厚的地方实实在在地咬一两口。有一次，我把我的手背放在她嘴里，说："来吧，咬我。"她真的咬了，狠狠的一大口。

随后，我与她合为一体，我们开始了。

231

但沙发嘛，真的是为孩子们设计的，尤其是像这张快要散架的旧沙发。所以，我们俩就像孩子一样在沙发上折腾了一会儿。不过，那些背部扭伤过或者习惯正儿八经地在床上的人一定不会觉得这地方十分怡人。因此，过了一会儿，我环抱着吉莉安，双双滚到地板上。她被撞了一下，肿了个小包，但我安然无恙，依然紧紧地抱着她。就这样，我们一直待在那儿，直到高潮来临。顺便说一下，我们两个都达到了高潮。

吉莉安：

事情并不是像我所说的那样的。我当时希望你依然对斯图尔特有好感——我猜想你是这样的吧。也许，我是在排解我对斯图尔特的最后一点儿愧疚。如果我知道情况会这样发生的话，我就以这样的方式告诉你了。

他下了楼，说道："女儿们都很好。"随后又加了一句，"我也看了下奥利弗。他手淫得睡着了。"斯图尔特说出这番话真是有点心狠，这本应该让我对奥利弗感到难过，但我没有。

我们当然喝醉了。我是喝得酩酊大醉。现在，我一般喝一杯就不喝了，但在那天，我在斯图尔特伸手来抢我的酒之前，已喝了将近半瓶。我不是在给自己找借口，也不是给他找。

他半搂住我的腰，鼻子重重地撞在我的颧骨上，把我弄得双眼直流泪。我把嘴唇转向一边，避开他的嘴唇。

"**斯图尔特，**"我说，"别犯傻了。"

"**这不叫犯傻**。"他伸出另一只手,一把抓住了我的胸。

"孩子们。"我承认,这或许是一个策略上的错误,仿佛孩子们是主要的障碍。

"她们睡着了。"

"奥利弗。"

"该死的奥利弗。**干他的**奥利弗。不过不对——你不想和他干,对吧?"他说这话的架势听上去一点儿都不像斯图尔特——至少不是我一直了解的那个斯图尔特。

"这不关你的事。"

"此时此刻,是不关你的事。"他手一垂,从我的胸口滑到我的双腿间,"来吧,来吧。为了往昔的时光,来吧。"

我站起身,但有点失去平衡,而他利用了这点,我忽然倒在地上,头撞到了沙发的一条腿上,他趁机压在我身上。我想:这一点儿都不像是在开玩笑。他用膝盖把我的膝盖推开。"我要大叫了,这样一定会有人来的。"我说。

"他们会认为是你在干我呢,"他答道,"他们会认为是你在干我,因为你再也不干奥利弗了。"

他沉重的身躯压得我透不过气来,于是我张开嘴巴。我不知道是否应该尖叫,但斯图尔特把他的手背塞在我的齿间。

"来吧,咬我。"

他的话我无法完全当真。我的意思是,这毕竟是斯图尔特呀。"斯图尔特"与"强奸"这两个词——或某个类似的字眼——根本不搭，不曾搭过。同时，我心想，那是一种老生常谈。这倒不是说我以前有过那样的处境。然而，就事论事，我的内心又暗暗想说：瞧，斯图尔特，我和奥利弗目前没怎么做爱并不意味我想跟你或其他任何人做。如果你到了20岁还没有性生活，就会整天想着那事儿。但是，如果你年届四十而没有性生活，那你就不大会想那件事，转而去担忧别的事了。你肯定不想要那样子吧。

他撩起我的裙子，褪去我的内裤。然后，他开始侵犯我。我的头死死地抵在木质沙发腿上，吸了一鼻子灰尘。他的一只手一直放在我的嘴巴里，咬不咬它似乎都没有关系。

我没有恐慌，也没有兴奋。他有点伤害了我。他没有损坏任何东西。他只是违背我的意志和选择，一个劲儿地侵犯我。不，我没有咬他；不，我也没有抓挠；不，除了我膝盖正上方有一块瘀青，我没有任何伤痕来证明被他强暴了，但瘀青不能说明任何问题。这倒不是说我需要证明什么，我不打算对簿公堂，这是我的选择。

不，我不认为自己因为十年前那样对待他就"亏欠"他。

不，我其实并不恐慌。我反复告诉自己，那毕竟是斯图尔特，而不是幽暗小巷里的一个蒙头罩面的陌生人。我恨透了做爱，你可以说我同时也被它烦得要死。我想：难道他们全都想要这样吗？道貌岸然的人也不例外？难道他们丝毫不顾你的感受，全都要那样干吗？

是的,我认定那是强奸。

我想,他是斯图尔特,他会道歉的。但是,他任我躺在地板上,起身穿好裤子,从我身上跨过,打开洗碗机,溜之大吉了。

为什么我之前没有告诉你?因为情况变了。

我必定是怀孕了,而肚里的孩子不可能是奥利弗的。

第十九章
质询时间

斯图尔特：

我想你也许说得没错。我当然乐意考虑此事。你看，当一开始酿造有机酒时，酒的品质并不是很好，好像有点怪怪的。随后有了自然动力种植法——而**那**好像更加怪异了，似乎品质会随月亮的阴晴圆缺而变化，等等。我认为，其中一个问题便是，当人们打开一瓶酒时，并不会像买胡萝卜时那样具有同样的健康意识。不过，随着酿酒技能的全面提升，坊间也有了一些蛮不错的有机酒。我当然会再看看。在我的词典里，任何有助于促进一站式购物的东西都是好的，只要那是果蔬店的一站式购物。

吉莉安：

你在要求我回到十年、十二年前。你知道我是怎么爱上奥利弗的，但你却不知道我"如何或是否"不爱斯图尔特了吧？呃，你问这问题本身就说明你已经回答了一半的问题。如果你知道我是怎样爱上奥利弗的，那么你就明白我"如何"不爱斯图尔特了。一件事遮蔽另一件，喧闹淹没寂静。不，咱们就不作比较了。假如某人声称他同时爱上了两个人，那么，在我看来，那就意味着他只给她们俩各倾注了一半的爱。如果你全心全意地爱一个人，你眼中不会有他人，那就不会出现这个问题了。如果你站在我的立场，你就会理解。否则，你就得好好学习数学了。

比较而言，"是否"的问题就更加有趣了。斯图尔特从来没有亏待过我。他千方百计扰乱我们的婚礼——不过，不管怎么说，那绝不会是顺当的一天。而且，尽管我深深地伤害了他，在整个离婚阶段，他依然很实在，肯帮助——不，慷慨大度。他坚持要我留在工作室。对于离婚，他本可以提出异议的，但是他并没有。事情就是这样。我从没有把他视为仇敌或绊脚石。事实上，每当我想到他的时候，他给我的感觉总是……正面的。他呀，曾经爱过我，永远都没有亏待过我。

直到那一晚。至今，我仍旧无法想象那个晚上，它彻底背叛了我原来心目中的斯图尔特。

奥利弗：

拜伦。乔治·戈登·拜伦勋爵。你难道没有发现**那个**吗？"我要一位英雄……"不妨说——无可辩驳地说，此乃……历史上最为著名的开场白之一。

怀亚特夫人：

你为什么对我的婚姻如此好奇？那是很久之前的事了。是——怎么说来着——"前尘往事"了。那是——这个词是斯图尔特教给我的——"覆'血'难收"。恐怕我已不记得他的名字了。正如某位贵妇所言，"插入并不是引入"。我有个女儿。是的，严格说来，她并不是童贞女之女，可是——不，我想我不记得他的名字了。

艾莉：

当然我不是在跟你讲斯图尔特在床上时怎么一副德性。你可以像问我一样去问他自己。就是这样。不管怎么说，这不关性事。我的意思是，剩下的这些都不关性事。

吉莉安：

我为什么要嫉妒艾莉？那毫无意义。

斯图尔特：

不。我们也许没有以最佳方式分手。不过……不，这是隐私。

怀亚特夫人：

实在无礼！

吉莉安：

是的，我读过奥利弗的几个剧本。其实，它们写得蛮好的。纯属我的个人之见，算不上数。我唯一的批评意见是，它们还不够简单。词曲作家使出浑身解数要聪明的时候，你一看便知——吸引人们注意力的应是音乐，而非歌词。你不同意吗？

有个剧本讲的是西班牙内战前夕毕加索、佛朗哥和帕布罗·卡萨尔斯参加一场回力球比赛的故事。有人很喜欢它，可没人筹得到钱。"性感的俏妞儿上哪儿去了？"有人不无幽怨地评论道。于是他写了《查理山》，它以一个装扮成牛仔的女人的真实故事为蓝本。但他们又说这个故事缺乏闪光点，于是他另起炉灶，将它写成一部音乐剧，为了新纪元改名为《金色西部女郎》。然后他又创作了《第七封印》的前篇……呃，这是个老掉牙的故事了，不是吗？

苏菲：

大约一个小时吧，或许还不到呢。我曾告诉过你。然后洗碗机停掉了，前门砰的一声关上，之后我听到妈妈上了楼，悄悄走过我们的房门，生怕把我吵醒。

没有，我没听到任何"怪里怪气"的声响。妈妈为什么要哭呢？

斯图尔特：

是的，我说的"劈颅巨魔"酒当然是真的。我不想骗你。它真的来自奥克尼群岛。哪天你真该喝喝看。

怀亚特夫人：

亏你说得好。是的，我名叫玛丽-克里斯汀。是的，我的丈夫——那个我再也记不起名字的可怜人——和一个女孩，一个叫克里斯汀的妓女跑了。我的第二个外孙女名叫玛丽。但是，没人能同时知道这三件事，除了我。还有你。所以，在我看来，这一切纯属巧合。

斯图尔特：

是的，我觉得我的父母是会以我为荣的。不过这无关紧要。他们生前一直都对我蛮失望的，现在回想起来，我觉得这对我小时候的自信心毫无助益。我20岁那年，他们就去世了。所以说，他们想以我为荣都来不及了。

如果我有孩子，我坚信自己绝不会害了他们，当初我可被父母害惨了。虽说我觉得不应该宠孩子，但我真的认为我们应该给他们一种自我价值感。当然，这说来简单，做起来并不容易，可是还得说。

我的**姐姐**？挺滑稽的，我**已经**找到她的下落了。她嫁给了一个耳科医生，现住在柴郡。有天下午，我顺道去看望了她。房子挺不错的，他们有三个孩子。当然，她已经不上班了。我们相处得还行，就像我们小时候一样，不好也不坏，还行呗。当然，我并没有告诉**她**我的近况，所以问她也没用。

吉莉安：
苏菲？不，苏菲挺好的。

怀亚特夫人：
苏菲？哦，已进入青春期了吧。没有？现在呀，10岁就进入青春期了。她是个很勤勉的女孩，非常想取悦别人。那是她的天性。可是谁又能抵御青春期呢？

斯图尔特：
不，我从来没有挂过这幅画。事实上，我把它送回了我当初买下它的那家店。他们说他们不想回购，哪怕低价也不要。言外之意是——当初你一走进我们店，我们就发现只有你这个傻瓜才会从我们手中买走它，现在我们觉得再也找不到另一个傻瓜了。

画的是什么？我不记得了。大概是乡村风景之类的吧。

艾莉：

那幅画实在太脏了，起初我还以为画的是耶稣诞生图呢。我把它擦干净后，发现它原来是一幅农家庭院图，一间牛舍、一头奶牛、一只驴和一头猪。有人说，那是一位有天赋的业余画家的作品，也就是说，它还不如这画布值钱。

奥利弗：

那老栗子[1]？那老香草糖汁栗子？不，真的不是，绝对不是。千万别往那个方向想。当然，这绝不是偏见，只是我的几位最要好的朋友——事实上，我最要好的朋友**没有一位**这么想的。除非——你没在暗示什么吧，是不是——斯图尔特？有这么种说法。你的意思是说，当他在美国的时候，他横穿马路，来到阳光灿烂的一侧，或者在两场蜉蝣般的婚姻之前——某种意义上这倒说得通——而当我努力想撮合他们的时候，他确实看上去局促不安，在艾莉面前很不自在。好，好，好。透过道德后视镜回望，我发现这一切都是讲得通的。

泰里：

我离开这里了。但这一次是我自己的选择，而不是斯图尔特的。我不亏欠你们任何东西，你们好自为之吧。

1　栗子：原文为chestnut，该词兼有陈腐的笑话或陈词滥调之意。

罗伯医生：

我不知道。我无法预测。这是中度抑郁症。我并不是在轻描淡写，不过我认为他没有强烈的自杀倾向。他不必住院，至少现在还不必。目前我们将保持75毫克的剂量，以后再另作考虑。这并不是一种你可以预测的疾病，更何况是像奥利弗这样的患者。

比如说吧，那天我想跟他聊聊。他昏昏沉沉地躺着，没有什么切实的反应。我提起了他的家庭背景——他的母亲——突然，他转向我，全神贯注地听着，然后轻佻地说："罗伯医生，你现在比我危险多了。"

他说得没错——在西方发达国家，风险最高的职业是医生、护士、律师还有酒店和酒吧的从业人员，而女医生的风险指数比男医生的更高。

不过我确实认为他已脆弱不堪。我不愿推测如果他再遭受一次打击会发生什么。

吉莉安：

我不知道奥利弗的母亲是不是自杀的。事实上，我只见过他父亲一次，而且，由于压根儿没听说过这种说法，我怎么可能在这样的场合提起这个话题呢，是不是？他看上去是个蛮好的老头儿，尽管这挺让人担心的，就像你可能料想的那样。奥利弗的表现曾让我以为他是个怪物，但后来，我发现他并不是怪物时，就自然觉得他老人家比我心目中的形象好太多了。而且，我当时还有一种感觉，

243

奥利弗向他父亲介绍我时，就算没有在吹捧我，至少也是在袒护我。我认为这挺正常的。瞧瞧我的资本——就像这种感觉。他爸爸只是吸着烟管，并没有上钩，这让我松了一口气。

当罗伯医生问我是否知情时，我说我想查一下奥利弗的档案，看看死亡证明书。其实，"档案"是个夸张说法。奥利弗有个小小的纸板盒子，标为"祖先之声"，某天晚上，他上床睡了之后，我把它找了出来。他把有关他家族的一切资料都保存在那儿：几帧照片，一本帕尔格雷夫编撰的《英诗金库》，上面写有他母亲的名字和某个日期——我猜想这是她在校期间获得的背诵比赛的奖品，一个小小的黄铜手摇铃（他曾向我讲起过）、一枚具有东方设计风格的皮革书签、一个破旧无比的漂亮玩具（一辆奶油和褐紫红色的双层巴士，如果你真想知道是什么的话）、一把银勺子，可能是洗礼仪式时送的礼物，不过我根本不知道奥利弗接受过洗礼。不管怎么说，关键在于——并没有死亡证明书。他父亲的死亡证明书在那里面，装在一个标着"证据"的信封中。

也许，我们可以去函萨默塞特议院要一份副本，可是那会有什么用呢？多少自杀事件被掩盖了起来，所以那不见得解决得了问题。事实上，它可能会误导我们。再说了，如果那明确是自杀的话，真的是太残酷了，不是吗？

是的，你说得对。如果有自杀嫌疑，那么肯定会有死亡裁决，不过据奥利弗说，一个星期前她还活得好好的，而下一个星期她就被埋了，所以哪里来的时间？可是，当时他才6岁，而我

244

们知道奥利弗的年代感是多么模糊,不是吗?所以,那也无助于我们深入了解。

斯图尔特:

我?我干吗要冒险让税务局来调查自己的公司呢?

吉莉安:

我不知道。我觉得这取决于奥利弗的状况。我们不能指望斯图尔特继续无止尽地支付他的薪水,而我是绝对不会接受斯图尔特的施舍的。现在尤其不会。

奥利弗:

我倒有个问题要问**你们**。谁知道一棵智利南美衫需要多长时间才能生长完全?我需要给我从未参赛过的两岁良驹一根拴杆。

玛丽:

准备叫他"普鲁托"。

奥利弗:

还有个问题。一道选择题。你是喜欢爱人还是被人爱?你只能二选一!滴,答,滴,答,砰!决定时间到了!

斯图尔特：

不，你当然不能看照片。

艾莉：

不过，我跟你讲一件斯图尔特的事吧。你记得他住哪儿吗？那地方全是旅馆式公寓套间、狭窄的街道和住宅区停车间。你知道我第一次和他过夜后他干了什么吗？我的意思是，第二天吃完早餐后，他给了我满满一把停车券，这样我的车就不会被卡位了。我当时一定一脸疑惑，因为他开始给我解释如何使用它们。你拿一枚硬币，刮开你到达时的某天某时某分，等等，等等。

我早就知道怎么用了，那不是我一脸疑惑的原因。

吉莉安：

不，我不想"寻找我父亲"。我不是孤儿。他知道我，他离开了我。

奥利弗：

还有一个问题。我**知道**这是违反规矩的。去他的规矩。吉莉安，圣女啊，我的生命之光。这些年来，她毫无疑问一直在操控**我**，更别提彻里布姆先生了。她甚至告发了我呢。她是一个精神富豪。关键是——问题是——她到底也掌控了你多少？好好想想吧。

泰里：

是的，当肯说他会打电话时，他还是会打来的。谢谢你的询问。谢谢你还记得。谢谢你还记得他的名字。

怀亚特夫人：

真的吗？我真的说过婚姻唯一不变的规则是男人绝不会为了一个老女人而抛弃他的妻子吗？我现在仍然这么认为？我不知道。我不记得我曾经有过这样的想法。我不确定自己是不是知道得太多了。

艾莉：

我觉得自己受骗了吗？是被斯图尔特骗了？或许吧。奇怪的是，我倒觉得更像是被吉莉安骗了。她那态度挺有欺骗性的。就好像是，你可以让斯图尔特做我的客人，因为在任何需要他的时候，我都可以找到他。也许她根本不会想到这些。但是她应该想想啊，不是吗？

吉莉安：

那是我听到过的最愚蠢的问题。**我**？

是的，奥利弗在十年前侵犯了我。

是的，斯图尔特最近侵犯了我。

不过是我故意挑逗奥利弗的，但我没有挑逗斯图尔特。这两件事之间没有任何联系。一点儿联系都没有。

在我看来，这是个愚蠢透顶的术语。专业受害者。

奥利弗：

（拒绝进一步回答问题。）

斯图尔特：

我很高兴你这么问。我本人用卡纳罗利米——就是米兰人用的米——来炖饭。或者维阿龙圆米，这种米更具威尼斯风味。让我给你个小建议吧。如果它是春季意大利烩饭、芦笋或白桃花心木，那么，末了，我用鲜奶油，而不是像通常那样用满满一汤匙黄油。那能让它吃起来更清淡一些。这只是个想法而已。

第二十章
你意下如何？

吉莉安：

有件事儿我还没告诉过你。斯图尔特说的事。

我们做爱的时候——不，他在强暴我的时候——不，索性这么说吧，我们在行房的时候，在我想告诉他那是一个坏主意的时候，我本打算聊聊奥利弗的事，但出于某种原因，我又不能提及他的名字。于是我发现自己当时说了句——我知道这听上去必定很怪异——"**我**丈夫正在楼上睡觉呢"之类的话。

"不！"斯图尔特说。他立马停止和我做爱，严肃而又气势汹汹地看着我："我才是你的丈夫。我一直都是你的丈夫。你是我的老婆。"

"斯图尔特。"我说。我的意思是，他可不是一个蓄着络腮胡的极端分子，此时，此刻，只有我们俩。

"我就是你的丈夫，"他重复道，"你也许做了奥利弗的情妇，但你是**我的老婆**。"

说罢他又继续侵犯我。

你不觉得这很可怕吗？

奥利弗：

方案A（原谅我操起了斯图尔特腔调）：娶戴尔女士为妻，更名换姓为戴尔以表敬意。像手中熟透的果实一样捧着她，直到果梗与枝丫分离。继承她的房产，住在刚刚再婚的休斯一家街对面。我会尽量不给她添麻烦。那崇高的自我谦逊经得起瞎掰胡扯。反其道而行之——你记得那是我的座右铭吗？

种上一株智利南美杉幼苗，让它快快生长，让它在我的欧楂时刻来临之前遮蔽外面的世界。

斯图尔特：

你邂逅了某些人，慢慢开始了解她们，然后喜欢上了她们，她们同样喜欢你，你们睡到了一起。然后——就在那个节点上，或在第二天早上，或回首往事——一切都变得愈加清晰了，不是吗？无论这是出于再一次的好奇或者双方的礼貌（或者双方都不再出于礼貌），或者无论这是能持续一段日子的东西，还是——只是可能——它能一直持续下去。这些通常会在你脑海里越来越清晰。

我想，你可以说目前的境况并不正常。是的，你不妨再说一遍。

吉莉安：

我不主张流产。也就是说，撇开战争等不可抗因素不谈，我不赞成世界上大部分的堕胎行为。我并不质疑女性权利，但我确实质疑堕胎的明智性。让一个孩子降生在世是件大事，而不让他降世更是事关重大。我知道所有的争议，但是这个决定对我来说永远都是无可争议的，与其他所有诸如爱和信仰的决定一样。

所以，如果一切顺利——虽然我在逐渐地超越年龄的极限——我就一定会生下斯图尔特的孩子。不知怎的，这句话有点前后矛盾。

事已至此，已经没有办法尽快跟奥利弗上床，然后假装孩子是他的了。

我能否说我与某个或某些无名男人有染，而将之怪罪于我们的性生活已名存实亡？只可惜我一直在家工作，而奥利弗最近同样足不出户。他知道我干了什么。我的时间安排他一向心知肚明。

当然，他会猜忌。我不否认。

奥利弗：

方案B。窃以为，夸夸其谈的奥利弗当年并非因谦逊而闻名。荣耀推动我前行！吹响海螺嘹亮的号角，奋勇向前，投入战

251

斗！痛击未受割礼者！[迄今为止被忽视的一点是，我很惊讶你没有在你最近的调查中指出这一点：斯图尔特——他还保留着他神圣的光环，他肉体的包皮吗？骑士或圆颅党，你们怎么看？（**我**？就像我所说，你已经错失了机会。不过，如果你愿意——而奥利弗目前紧缺资金——我们可以**事后**碰个面，你付我钱我就可以给你看。对，把我的阴茎放在成堆的德拉克马硬币中，用宝丽来拍张一次成像照片，冠名为：事物的运作方式。）]那么——投入战斗？为了属于我自己的权利、荣耀和友谊而战斗吧。再次求而获胜。保护我的家系血统。你意下如何？

斯图尔特：

我之前是怎么说想要什么这件事的？

我说："现如今，我知道自己想要什么了，不会再在不想要的东西上浪费时间。"我把话说得清清楚楚了，不是吗？至少很多时候是这样的，或者说一直如此。但我发现这只适用于一些简单的、不重要的东西。你想要它们，最终也得到了。否则你是得不到的。

可是，对于重要的事情……想要也许就会得到，但得到并不是故事的结局。它恰恰引发了一系列新的问题。还记得奥利弗曾说过他的经营方案是赢得诺贝尔奖？跟这个相比，我相信你会同意他买彩票三连中的机会更大。但是，暂且想象一下，如果他得到了他想要的东西，我们就据此认为这就解决了他的一系列问题，从此以后他就可以过上幸福的生活了吗？我看不见得。你会说，我只是想想罢了，根本得不到的，也许这样更加容易。不过相信我，一个有欲求而得不到满足的人生也许是极其痛苦的。

难道我是在回避问题？谈及"追求某些东西"，却偏偏没有提起吉莉安的名字？

苏菲：

斯图尔特是我的爸爸，我爸爸也是玛丽的爸爸，这是爸爸闷闷不乐的原因之一（我们还没找到一个成熟的字眼来形容它）。

所以，也许解决的办法就是让爸爸和妈妈再生个孩子。那样就会二比一了。

嘿，那不是很奇妙吗？太奇妙了。你意下如何？

吉莉安：

这可不顶用，对吧？这是事实。十年前，我设计了一幕场景，当时觉得斯图尔特可借此获得自由，但好像起到了截然相反的作用。我希望他明白，我与奥利弗的生活没什么可妒忌、羡慕的，也希望他因此得到解脱和释怀。你知道吗，他初到美国时，常常会匿名送我大把大把的鲜花。我与快递公司交了朋友，跟他们说可能有一个跟踪狂，然后他们证实这些花都是从华盛顿委托寄来的。不用说，斯图尔特是我在那儿唯一认识的人。很显然，奥利弗也知晓此事，只是我们彼此从未谈及罢了。之后我们搬到了法国，他依然追踪着我们。于是我在街头安排了这一幕，因为我知道斯图尔特会在一旁观看。可是我大错特错了，因为这场景一定让斯图尔特想要来解救我。这么多年来，我却觉得他一个人过得很好，平平安安，曾经的伤痛已得到治愈。

然而，如果他看到了真相——我和奥利弗很幸福，就像我和他曾经一样——那么他会释然吗？他会有一个完全不同的人生吗？也许他就再也不会回来了？这是一个未经回答也无法回答的问题，这个问题事关我们本可以有却没有的人生，事关被抛弃的选择和被遗忘的选择。你意下如何？

奥利弗：

方案C。罗伯医生跟我说了什么？对——觉得你是不会好转了，这种感觉真让人郁闷。好吧，我有同感，尽管我对此话的释义跟她的不同。回想我的求学时代，我在一家酒吧结识了一位新近才取得资格的年轻医生。某天晚上，他颓废地在那儿买醉。那个下午，一位资深外科医生吩咐他——那时他已是一名成熟的医生——去向一位正在饱受癌症病魔啃噬、嚼蚀的病人家属传达他的病危通知。我的密友以前从未扮演过这样一个死神般的信使角色，也不够圆滑、老练；但是，在我看来，当他告诉那悲痛的家人，说他们挚爱的丈夫、父亲和孩子必死无疑时，他俨然就是那《道林·格雷的画像》中的亨利·沃顿先生。我问他，你究竟说了什么？他的回答几十年来一直在我耳畔回响："我告诉他们，他不会好转了。"

那么年轻，却又那么睿智！我们大家都会好转吗？在哲学家们看来，当然不会。同样，在那帮"猜来猜去的人"看来也肯定不会。觉得你不会好转了的确是导致郁闷的部分原因——但具体为何而郁闷呢？对罗伯医生而言，那是一种症状，而对奥利弗来说，却是病因。既然我们大家谁也不会好转，那为何还要为了国家利益而派遣可靠的医学使者出国呢？方案C仅仅确认了目前的事实。我们都在同一条船上，只不过是有些人承认我们已被赶入吃水线以下，而有些人却躬下无意识的脊背，奋力划桨，直至船桨发热。

看这陈词滥调。更糟的是，看看这注定失败的企图吧：赋予这陈词滥调以生命。真丢人。亲爱的奥利弗，我为你感到羞耻。可是，话说回来，说句自我辩解的话，这是多么适宜。我们活着就想推陈出新，除了注定失败还有什么呢？

对，这就是方案C。

方案A，方案B，方案C，你选哪个？

斯图尔特：

我说"更复杂"的意思是，在我离开的这些年，我经常随身带着的吉莉安——毫不夸张地说在那张照片中每个人都好像有一点儿沉迷于她——是我以前认识的那个吉莉安，那个我曾深爱着的吉莉安。这很正常，不是吗？因而，我回来时，我对自己说，她一点儿也没变。我的意思是，哪怕她已成为母亲，换了发型，身材臃肿，不再穿着我记忆中的衣裳，而且生活拮据，但在我心目中她和以前一模一样。不是吗？也许，我只是不愿承认，她与奥利弗生活了那么多年可能已改变了她。她已受到他的行事方式、思想和平庸见解的影响。就像我刚才所说，我们是在谈论每日允许摄入量和农药最高残留限量。假设她依然是那个我曾深爱的女人，这是否不太现实？毕竟，我在这些年里已经变了。因此，正如在我们互致问候时我所说的那样，你也已变了。

至于性事嘛，它并没有让事情变得更明晰。恰恰相反，它让我恍然领悟，这些年来我一直在自欺欺人，以为那是一件一目了然的事，以为自己永远爱着吉莉安——以为吉莉安依然是十二年前的那个吉莉安：我知道我将永远爱那个吉莉安。就像我说的，艰苦卓绝：得有几条壮汉抡锤痛击我的心。可是，现今的吉莉安又如何呢？我得从头再次爱上她吗？或者，我已经成功了一半？四分之一？四分之三？你有过这样的处境吗？我有点茫然。我觉得最理想的方法就是，我们尽管发现彼此都变了，但都沿着平行方向发展，所以，就像人们所说，即使在时间和空间上彼此分离，我们并没有"劳燕分飞"。然后——最好是，而且最大的假设是——发现她可以重新爱我。抑或——甚至更好——这次更加爱我。告诉我，我是在做梦吗？

看来要夺回我曾经拥有的东西已不太可能，我隐隐开始思考我究竟想要多少。当事情变得不可能时，它们反而越加清晰、明朗。也许我只是在害怕罢了。毕竟，我感觉现在风险更高了。我觉得，问题的关键是，吉莉安还会再次爱上我吗？

你意下如何？

吉莉安：

斯图尔特爱我吗？仍然爱我吗？真的爱我吗？就像他发誓的那样？

这才是问题的关键。

你意下如何？

怀亚特夫人：

什么也别问我。事情会发生的。或者，什么也不会发生。在未来漫长的岁月，我们会一个接一个地死去。当然，也许你会先死。

所以，至于我嘛，我会等待，等待事情发生。或者，等待什么都不发生。

马上扫二维码，关注 **"熊猫君"**

和千万读者一起成长吧！

图书在版编目（CIP）数据

爱，以及其他／（英）朱利安·巴恩斯著；郭国良译. -- 上海：文汇出版社，2018.7
ISBN 978-7-5496-2499-7

Ⅰ.①爱… Ⅱ.①朱… ②郭… Ⅲ.①长篇小说－英国－现代 Ⅳ.①I561.45

中国版本图书馆CIP数据核字(2018)第050448号

LOVE, ETC. by Julian Barnes
Copyright © Julian Barnes, 1992
This edition arranged with intercontinental Literary Agency Ltd (ILA)
Through BIG APPLE AGENCY, INC., Labuan, Malaysia.
Simplified Chinese edition copyright: 2018 Shanghai Dook Publishing Co., Ltd.
All rights reserved.

中文版权 ©2018 上海读客文化股份有限公司
经授权，上海读客文化股份有限公司拥有本书的中文（简体）版权
图字：09-2018-212 号

爱，以及其他

作　　者 /	（英）朱利安·巴恩斯
译　　者 /	郭国良
责任编辑 /	徐曙蕾
特邀编辑 /	徐陈健　黄靖文
封面装帧 /	陈艳丽
出版发行 /	文匯出版社
	上海市威海路755号
	（邮政编码200041）
经　　销 /	全国新华书店
印刷装订 /	三河市吉祥印务有限公司
版　　次 /	2018年7月第1版
印　　次 /	2018年7月第1次印刷
开　　本 /	890x1270mm　1/32
字　　数 /	158千字
印　　张 /	8.25

ISBN/978-7-5496-2499-7
定　　价 /　39.90元

侵权必究
装订质量问题，请致电010-87681002（免费更换，邮寄到付）